KB269561

그 기러기의 경우

그 기러기의 경우

이상운 장편소설

문이당

하지만 당신도 한번 자신의 삶을 생각해 보세요. 아마 비슷한 이야기를 발견할 수 있을 겁니다. 그러면 나중에 그 이야기를 나에게 들려주세요.

— 카뮈, 『전락』에서

그러니까 수년 전의 일입니다. 안국동에서 지인들과 헤어져 광화문 뒷길로 지나갔습니다. 서대문까지 걸어갈 생각이었지요. 그러나 그만 어떤 주점으로 들어가고 말았습니다. 아마도 취기가 부족하게 느껴진 탓이었을 테지요.

그런데 재미있게도 그 술집에 딱 한 명 있던 손님이 내 자리로 와서는 대화를 청하더군요. 내 또래의 남자로 처음 본 사람이었는데, 사연인즉 내 작품을 한 권 읽었으며 그때 본 사진을 기억한다고 했습니다.

나는 우연이 선물해 준 그 만남을 기꺼이 받아들였습니다. 그리하여 우리는 두 시간쯤 기분 좋은 담소를 나눌 수 있었지요. 사랑에 대하여, 결혼에 대하여, 부부에 대하여, 자식과 중년이라는 나이와 늙어 간다는 것과 생의 의미에 대하여.

　헤어지기 직전에야 나는 그 사내가 홀로 된 중년이라는 걸 알았습니다. 그러고는 택시에 올라 한참을 가다가 무심코 어두운 상점 거리를 내다보는데, 문득 우리 모두가 누군가와 떨어져 있는, 어쩌면 매우 빈번히 자기 자신과도 떨어져 있는 외로운 기러기들이 아닌가 하는 생각이 들었습니다.

　그 상념이 이 소설의 작은 씨앗이 되었습니다. 하루 종일 흐렸으나 비는 오지 않은 그날, 어쩐지 모든 게 평화롭게 느껴지던 무르익은 가을밤의 일이었지요. 그러나 이 작품에 등장하는 모든 인물들과 스토리는 전적으로 허구입니다.

　또 한 권의 책을 내면서 4년째 병석에 계신 고령의 아버지에게 큰 평화가 주어지기를 기원하며, 아울러 '나의 이야기'를 다른 사람들과 공유할 수 있게 또 한 번 다리가 되어 준 문이당 출판사에 고마움을 표합니다.

2013년 가을, 동해안 본가에서

이 상 운

1

다른 사람들은 어떤지 모르겠지만, 그리고 누군가를 알고 있다는 게 무엇을 뜻하는지 철저히 따져 보진 않았지만, 나는 나 자신을 잘 알고 있다고 생각했습니다. 또한 아내를 잘 알고 있고, 인생을 웬만큼 알고 있다고 생각했습니다. 충분히 그럴 만한 나이라고 믿고 있었습니다.

하지만 아내와 나는 얼마나 낯선 존재이며, 우리들 인생 또한 얼마나 낯선 여르인지요.

지난해 늦가을의 일입니다. 언제나 파란 하늘과 황금빛 들판과 탐스러운 과일들과 쓸쓸한 낙엽이 있는 그 계절에, 나는 꿈에도 생각하지 못한 낯선 여로의 주인공이 되었습니다.

'포르노그래피 만들기'라고 해도 좋을 그 시간은 통속적이면서도 새롭고, 단순하면서도 복잡하고, 황홀하면서도 파멸적이고, 삶의 극적인 쾌락과 쓰라린 덫에 대해 성찰해 보기를 강요한 기묘한 무대였습니다.

나는 그 무대가 막을 올린 그날 밤을, 내가 꿈도 꾸지 못한 방식으로 한순간에 나를 낯선 여로에 들여놓은 그날 밤을 똑똑히 기억하고 있습니다. 내 머리에 문신처럼 새겨져 있는 풍경들이니까요.

밤이었고 비가 내렸습니다. 귀갓길에 나는 거처에서 멀지 않은 한 레스토랑을 찾았습니다. 딸아이의 교육 문제로 아내와 심각한 불화를 겪고 있는 친구를 만나서 긴 시간 하소연을 들어 준 뒤였습니다.

그 레스토랑은 내가 일주일에 세 번, 오후 3시 무렵 규칙적으로 들르며, 가끔은 늦은 밤에 수면제 대용으로 몇 잔의 술을 마시기 위해 찾는 곳이었습니다. 교외선 철로가 싸고도는 주택가의 가장 바깥 골목에 박혀 있어서 사람들이 잘 모르는 집으로, 작고 아늑한 공간이라 언제든 마음 편히 찾을 수 있는 곳이었지요.

비 때문인지 늦은 시각 탓인지 그날 밤 레스토랑은 텅 비어 있었습니다. 오직 한 사람, 그 여자만이 가정집으로 통하는 마당을 마주한 창가 자리에 정물처럼 앉아 있었습니다.

처음 보는 그녀는 어디가 불편한 듯 묘한 표정으로 골똘히 생각에 잠겨 있었는데, 그 모습이 이상하게도 신비로운 관능의 빛깔을 풍기더군요. 그 갑작스러운 뜻밖의 감각은 안쪽의 바에 앉아 바텐더와 농담을 주고받으며 맥주 두 병을 마시는 동안 계속 내 속에 떠돌고 있었습니다.

40분쯤 뒤 내가 자리에서 일어서자 레스토랑의 주인이자 바텐더인 서른다섯 살의 사내가 잘 가라고 인사를 했습니다. 그는 자칭 독신주의자이고 대도시에서 조용히 사는 게 인생의 목표라는 사내인데, 언제나 내 발걸음을 가볍게 해주던 그의 작별 인사가 어쩐지 야속하게만 들리더군요.

그야, 말할 것도 없이 그 여자 때문이었지요. 나는 내심 바텐더가 그 여자에 대해서 한마디 해주거나, 좀 더 있다가 가도록 나를 붙잡아 주기를 기대하고 있었던 것입니다. 그는 손님들에게 어떤 종류의 부담도 주지 않는 사람이라는 걸 잘 알고 있으면서도 말입니다.

나는 바에서 등을 돌려 40여 분 동안 보지 못한 그 여자를 찾았습니다. 그녀는 내가 들어설 때 보았던 바로 그 자리에 여전한 표정과 여전한 자세로 앉아 있더군요. 그녀 앞의 커다란 포도주 잔만이 비어 있었습니다.

나는 출구를 향해 잘 떨어지지 않는 첫걸음을 떼어 놓았습니다. 그때 문득 어둠과 정적에 휩싸인 채 나를 맞이할 오피스텔이 떠오르면서, 내가 사랑의 열정과는 거리가 먼 중년 아저씨라는 사실과, 그것도 홀로 둥지를 지킨 지 1년이 다 되어 가는 기러기라는 사실이 새삼 쓸쓸하게 자각되었습니다.

레스토랑은 큰길에서 곧게 뻗은 좁고 막다른 골목의 끝에 있었습니다. 골목길에 면한 건물이 아니어서 막다른 골목 끝에 지붕이 있는 발코니를 만들고, 거기서부터 중간에서 직각으로 꺾이는 10여 미터의 터널을 통과하여 레스토랑의 현관에 이르도록 되어 있었습니다.

나는 그 재미있는 길을 반대로 걸어 나와 발코니에 서서 큰길 쪽을 멍하니 보고 있었습니다. 멀리 골목의 좁은 입구로 큰길의 가로등 불빛과 휙휙 스쳐 지나가는 자동차들, 그리고 우산을 들고 대여섯 걸음 걸은 뒤 사라져 버리는 행인들이 보였습니다.

　나는 빗물과 어둠에 젖어 적막하게 가라앉고 있는 골목길과 축대를 바라보며 가만히 서 있었습니다. 그날따라 허전하고 쓸쓸한 마음이 좀처럼 가라앉지 않아서 몸까지 움직이지 않으려 했습니다.
　그런데 바로 그렇게 머뭇거리고 있는 나에게 그 여자가 다가왔습니다.

　"가을비가 참 좋네요."
　그 여자가 등 뒤에 나타나서 이렇게 말했을 때 나는 깜짝 놀랐습니다. 서투른 우리말 발음에 의아해하며 돌아보자, 여자는 자기가 한 말에 동의를 구하듯이 가벼운 미소를 지었습니다.

　나는 입술이 두툼하고, 어딘가 아픈 듯하며, 눈길에서 어떤 집요한 열망이 느껴지는 그녀를 향해 어색한 미소를 지으며 고개를 조금 숙였습니다.
　그러자 내 어깨 정도의 키에, 청바지와 하늘색 거북 목 스웨터 그리고 하얀 운동화를 신고 청회색 가을 코트를 입은 그녀는 "저는 노르웨이에서 온 여행자입니다"라며 실례가 아니라면 우산을 함께 쓰게 해달라고, 우산살이 부러졌다고 우리말과 딱딱한 억양의 영어를 섞어서 말했습니다.

　나는 그녀의 부탁을 들어주었습니다. 그래서 난생처음으로 방금 만난 낯선 여자와 우산을 함께 쓰고 비가 내리는 골목길을 걸었습니다.

　불안하고 묘한 정겨움이 느껴졌습니다. 가슴이 두근거렸습니다. 아름답게 조명을 받고 있는 아담한 한 그루 나무 같으면서도 비가 내리는 쓸쓸한 가을 풍경의 한 조각처럼 느껴지는 여자가 이따금 한쪽 어깨를 부딪치며 바로 옆에서 걷고 있다는 사실이 신비롭기만 했습니다.

　우리는 큰길로 나갔습니다. 내내 말이 없던 그녀는 내가 대기 중인 몇 대의 택시를 가리키자 입을 열었습니다.
　"30분쯤 걸으면 숙소가 있는데 걸어가고 싶어요."

　그 순간이 첫 번째 갈림길이었습니다. 그녀가 그 말을 한 순간 떠오른 생각대로 근처의 편의점에서 우산을 하나 사주고 돌아섰더라면, 나는 결코 나를 기다리고 있는 그 이상한 여로로 들어서지 않아도 되었을 것입니다. 그래서 우리의 발아래에 도사리고 있지만, 어쩌면 대부분의 사람들이 보지 못하고 지나치는, 저 고독한 풍경 속에 빠져들지 않았을 것입니다.

그러나 시간은 이미 그쪽으로 흐르고 있었습니다. 나는 한 발 한 발 그쪽으로 걸어가고 있었습니다.

"함께 걷지 않으실래요?"

여자가 이렇게 말한 순간 나는 그녀를 홀로 떠나보내고 싶지 않았습니다. 아니, 그녀가 내 곁에서 떨어져 나가고 내가 홀로 되는 게 싫었습니다.

그녀의 육체를 안고 싶다는 생각은 추호도 없었습니다. 그저 우연히 갖게 된 그 신비롭고 감미로운 시간을 조금만 더 연장하고 싶은 마음뿐이었습니다. 그래서 내 속에 도사린 어떤 것이, 그녀가 떠나게 하려고, 내가 싫다고 하면 어쩌겠느냐는 말을 하게 만들었습니다.

하지만 그 여자가 도와주지 않더군요. "그럼, 실례했습니다" 하고 근처의 편의점을 찾을 수도 있지만, 그녀는 그러지 않았습니다. 오히려 처음으로 귀여운 표정을 지으면서 "그러면 비를 맞게 될 것이고 감기나 폐렴에 걸릴 수도 있겠지요" 하고 나를 도발했습니다.

"내 양심을 건드리는군요."

내가 말하자 그녀가 기다렸다는 듯이 대꾸했습니다.

"그러니까 부탁드려요."

그래서 그녀의 말대로 우리는 30분쯤 함께 걸었습니다.

그녀는 한 번 더 자신의 국적이 노르웨이이며, 이름은 리지이고, 한국은 처음 찾았다고 했습니다. 그러면서 즐겁다는 듯이 서울의 인상을 얘기했습니다.

그녀는 서울이 이렇게 크고 복잡할 줄 몰랐다고 했습니다. 클 뿐만 아니라 첨단 설비를 갖춘 빌딩들과 고급 아파트, 그리고 혼잡한 유흥업소들과 밀집한 일반 주택들과 교육 시설과 종교 시설 등이 마구 뒤섞여 있어서 신기하고 놀랍다고 했습니다. 지구 상에 이런 도시가 몇 개나 있는지 모르겠다고도 했습니다. 원래는 서울에 며칠 머물다가 경주를 찾을 계획이었으나 계속 서울에 남아 있다고 했습니다. 이번에는 서울의 인상 하나만 집중적으로 머리에 새기기로 했다면서요.

그녀는 그런 내용의 말들을 서툰 우리말과 영어를 섞어서 어눌하게 늘어놓았습니다.

마침내 우리는 그녀가 묵고 있다는 그 호텔에 도착했습니다. 서울에 이런 곳이 있었던가 싶은 아담하고 예쁜 5층 건물이었더군요. 내가 즐겨 찾고, 그녀를 만난 그 레스토랑만큼이나 수수하고 포근해 보였습니다.

그녀는 입구의 처마 아래로 들어서더니 바짓가랑이와 코트에 묻은 빗물을 털어 냈습니다. 그러고는 내가 우산을 접어 빗물을 턴 뒤 다시 펼치려 할 때 고맙다면서 차 한 잔 대접하고 싶다고 했습니다. 대수로운 일도 아니라는 듯 아주 자연스럽게 얘기해, 나는 당연히 로비 귀퉁이에 붙은 작은 카페에서 차를 사겠다는 소리로 들었습니다.

그러나 조그만 로비로 들어선 그녀는 카페로 가지 않고 연한 청색 카펫이 깔린 계단 쪽으로 향했고, 그걸 본 내 심장은 요동치기 시작했습니다.

나는 내가 이상한 차원으로 넘어가고 있다고 생각하면서 거기에 저항하려고 애썼습니다. 까닭 없이 허리를 굽히고 발목을 만졌는가 하면, 묶어 놓았던 우산을 일부러 풀었다가 다시 묶기도 했습니다.

그러나 결국 나보다 먼저 계단을 올라가다가 나를 기다리며 고개를 돌리고 은근한 미소를 보내는 그녀를 따라갔고, 절간처럼 조용한 2층 복도를 걸어 그녀가 열쇠를 꺼내 구석방의

문을 여는 동안 마음속으로 돌아서라고 수십 번도 더 중얼거
렸지만, 그녀를 따라 방으로 들어갔습니다.

어두웠습니다. 나의 등 뒤에서 찰칵, 하고 문이 닫히는 소리
가 들려오자 심장이 벌렁거렸습니다. 마치 어떤 미로에 들어
선 듯, 지독한 대가를 치르기 전에는 절대로 빠져나갈 수 없는
곳에 들어선 듯 두려웠습니다.

그때 여자가 돌아섰습니다. 불을 켜지 않은 데다가 커튼이
쳐져 있어서 그녀는 검은 형체로만 보였습니다. 그녀는 아무
말도 하지 않았습니다. 나도 감히 입을 열지 못했습니다.

10초쯤 흘렀을까요, 그녀가 꿈처럼 스르르 다가와 두 팔로
내 목을 끌어안았습니다. 그러자 당연하다는 듯이 나의 두 팔
이 그녀의 허리를 휘어 감았고, 이어서 우리는 거스를 수 없
는 어떤 명령이라도 받은 것처럼 옷을 벗기 시작했습니다.

내가 내 발목에 걸린 바지를 걷어차듯이 떨쳐내자, 그녀는
자신의 스웨터와 브래지어를 내던졌습니다. 그러고는 다급히
내 앞에 무릎을 꿇고 나의 팬티를 끌어 내렸습니다. 나는 두

손으로 그녀의 머리를 감싸 쥐며 그녀의 블랙홀 같은 입속으로 빨려 들어가지 않으려고 저항했습니다.

그녀가 벌떡 일어나자 내 몸 전체가 붕 떠오르는 것 같았습니다. 나는 덜컹, 하고 다시 떨어지며 그녀의 따스하고 부드러운 가슴에 코를 박았습니다. 그러고는 그 형용하기 어려운 냄새가 나는 살들의 압박에 아찔한 충만감을 느꼈습니다.
만월처럼 충만한 감각으로 가득 찬 그녀의 부드러움과 곡선이 나를 미치게 했습니다. 나는 걸신들린 사람처럼 유두를 빨면서 그녀의 축축하게 젖은 그곳을 만졌습니다.

이윽고 우리는 휘청대며 침대로 가서 함께 쓰러졌습니다. 그녀는 과감하고 헌신적이었습니다. 나는 그녀가 이끄는 대로 아득하고 격렬한 그 여로에 내 몸을 완전히 맡겨 버렸습니다.
그녀 위에서 빠르게 움직이자 뱀처럼 꿈틀대던 그녀는 위치를 바꾸어 나보다 더 빠르게 움직였습니다. 나는 상체를 일으켜 그녀의 허리를 바짝 끌어안았습니다. 다급하게 몸을 흔들던 그녀가 숨이 멎은 듯 호흡을 멈추더니 짧은 비명을 토해 냈습니다.

내 머릿속에 통속 이야기의 단골 소재인 불륜이라는 말이 슬며시 떠올랐습니다. 그것도 중년 기러기의 불륜!

어둠 속 침대 위에 죽은 듯이 늘어져 우리 두 사람의 숨소리를 들으며 나는 그 말이 주는 현실감을 느끼기 시작했습니다.

하지만 그 여로는 단순한 불륜만은 아니었습니다. 그것은 흔해 빠진 불륜이면서 동시에, 삶의 본때를 보여 주려고 나를 기다리고 있던 존재의 낯선 구덩이였습니다.

비가 오고 바람이 부는 날, 어딘가 고독해 보이고 골똘히 생각에 잠겨 있는 여자가 보이면 재빨리 외면해야 합니다. 당신이 중년의 기러기라면 더더욱!

그것은 존재의 덫입니다. 도덕적이고 법적인 분란은 아무것도 아닙니다. 아니, 그것이 사소한 문제라는 말이 아닙니다. 그것도 중요합니다. 우리가 그런 그물망 속에서 삶의 가치와 의미를 찾고 있으니 당연히 중요하지요.

하지만 그 덫에는 결론이 없는지도 모릅니다. 왜냐하면 그곳에서의 처벌은 기한이 정해져 있지 않기 때문입니다. 그래서 덫인 것이지요. 그것은 한평생 살면서 굳이 보지 못해도 큰 잘못이라고 할 수 없는 그런 낯선 고장입니다.

그 덫에 걸린 나는 미쳐 버렸습니다. 나는 내 속의 낯선 나와 연애를 했습니다. 나는 포르노를 모방했으며, 광기의 배에 몸을 싣고 어두운 대양을 떠돌았습니다.

반복된 열정의 무대였습니다. 오직 두 사람만으로 구성된 무대였습니다. 우리가 배우였고, 우리가 관객이었고, 우리가 연출자였습니다.
벌거벗은 순수한 광란의 무대였습니다.
바보 같은 나는 그렇게 생각했습니다.

나는 리지의 온몸이 웅변하는 곡선에 완전히 빨려 들었습니다. 벌거벗은 채 침대 위에 엎어져 있기를 좋아한 그녀는 세상 모든 곡선의 모음집 같았습니다. 한편으로는 바흐의 선율 같았고, 한편으로는 모차르트의 선율 같았습니다.
나는 아름다운 가슴을 자기 속에 감춘 채 허리의 완만한 곡선과 엉덩이의 도발적인 굴곡만을 드러낸 그녀의 포즈를 좋아했습니다. 그녀는 얼굴을 시트에 반쯤 묻고 있다가 내가 옆으로 돌아가서 들여다보면 살며시 웃곤 했습니다.

벌거벗은 여자가 던지는 나른하게 아픈 듯한 미소는 내 속에 불꽃을 피웠습니다. 그녀는 손을 뻗어 나를 쥐고 부드럽게 애무하다가 뱀처럼 기어와서는 혀를 내밀었습니다. 그러면 광기가 춤을 추었습니다.

그것은 극단적이고 황홀하면서 파멸과 죽음의 냄새를 풍기는, 한마디로 끝장을 보고 싶다는 미치광이 같은 열망이었습니다.

우리는 크지도 작지도 않은 그 방에서 이틀 밤을 보냈습니다. 회색 카펫이 깔려 있고, 더블 침대와 화장대와 작은 옷장, 그리고 다탁과 두 개의 날렵한 의자와 고전적인 느낌을 주는 흔들의자가 있는 아늑한 방이었습니다.

거기서 음식을 시켜 먹었고, 각자 몇 시간씩 떠났다가 돌아왔으며, 심야에 다른 호텔의 바를 찾아 술을 마셨고, 스스로 서른아홉 살의 독신이라고 밝힌 그 여자가 초록빛이 감도는 헐렁한 셔츠에 팬티도 입지 않은 채 편안하게 담배를 피우는 것을 바라보았습니다.

그녀는 내 이름의 발음이 힘들다며 J라고 불렀습니다. 그리고 우리의 여로가 끝나갈 무렵, 내 가슴에 기댄 채 J, J, 하며 동요풍의 단순한 멜로디를 흥얼거리더니, 자신은 한국 출신의 노르웨이 입양아라고 했습니다. 기록이 전무해서 부모를 찾을 수 없으며, 또 찾고 있지도 않다고, 한국을 느껴 보기 위해 무작정 왔을 뿐이라고 했습니다.

"J를 만난 건 정말 큰 행운이에요."

그녀의 나른한 그 말을 들으며, 한편으로는 몹시 놀랐고, 한편으로는 그녀가 생면부지의 나에게 그런 의미를 갖게 되다니 인생이란 얼마나 기묘한 여로인가, 하고 감탄했습니다.

그러면서 나는 애써 외면하고 있던 아내를 생각했습니다. 나를 기러기로 만들어 놓고 아들과 함께 뉴욕에 가 있는 그 사람을.

그러자 리지야말로 원초적인 기러기로구나 하는 생각이 들었습니다. 존재 자체가 모든 것으로부터 떨어져 나가 혼자가 되어 버린 입양아, 진정한 이방인!

나는 그녀와 나의 그 기이한 인연 혹은 우연에 깊이 전율했습니다.

2

1월 초, 의무감에서 혹은 거래 차원에서 연말연시에 치르게 되는 크고 작은 일들로 피곤했던 심신이 그럭저럭 평소의 모습을 되찾아갈 무렵이었습니다.

아침을 먹으면서 아내는 오후에 연극을 보자고 했습니다. 나는 아내의 제안을 우리 둘만 오붓하게 가지는 신년 행사쯤으로 여기고 기분 좋게 연극을 보았습니다. 그리고 나중에 리지를 만나게 되는 바로 그 레스토랑에서 우리가 보았던 해럴드 핀터에 대해 얘기하며 식사를 했습니다.

나는 음식을 다 먹어 갈 때쯤에야 이 데이트가 그저 이렇게 끝나지는 않겠구나, 하고 생각했습니다. 내 앞에 앉은 아내의 눈에서 처음부터 뭔가를 호소하는 듯한 기운이 뿜어져 나오고 있었는데도, 둔감한 내가 한참 뒤늦게 알아차린 것입니다.

역시, 웨이터가 빈 그릇을 가져가고 커피가 나오자 아내가 폭탄을 터뜨렸습니다.

"뉴욕으로 갈까 해! 그림 공부하러."

내가 놀라서 쳐다보자 아내는 아무 말 하지 말고 일단 끝까지 들어 보라며 조용조용 말을 이어 갔습니다. 사실 나는 아무 말도 할 수가 없었습니다. 아내의 말이 현실감 있게 들리지 않았으니까요.

아내는 봄부터 시작해서 딱 3년 만 나갔다가 오겠다고 했습니다. 내가 그런 일이라면 준비하는 데만도 제법 시간이 걸리지 않느냐고 하자, 아내는 즉시 이미 준비하고 있다고 대답했습니다.

나는 마음이 조급해지기 시작했습니다. 그때 마침 초등학교를 졸업하는 아들애가 떠올랐습니다. 순간 그 애의 존재가 아내의 엉뚱한 소리를 잠재울 수 있는 획기적인 수단처럼 느껴졌습니다.

그러나 아내는 내가 그 얘기를 꺼내기도 전에 아이도 함께 갈 거라며 내 입을 틀어막아 버렸습니다.

나는 한동안 아무 말도 하지 못했습니다. 아내가 낯선 사람처럼 보이기 시작했습니다. 나는 커피를 한 모금 마시고 담배를 문 뒤에 억지로 미소를 지으면서 혹시 농담하는 거냐고 말했습니다.

농담이 아니라고 아내가 대답했습니다. 그러면서 놀랐느냐고 물었습니다. 내가 그렇다고 대답하자 얼마나 놀랐느냐고, 살며시 웃으며 물었습니다. 아주 많이 놀랐다고 나는 대답했습니다. 그건 진심이었습니다.

아내는 눈길을 내리며 고개를 끄덕였습니다. 그러면서 놀라게 해서 미안하다고 했습니다. 그렇지만 농담은 아니라고 덧붙였습니다. 그런 다음 내가 미처 생각하지 못했으나, 생각했다면 내가 내보일 수 있는 마지막 카드라고 착각했을 문제를 먼저 꺼내 놓았습니다.

"회사를 정리할 거야."

아내의 그 말은 내 머리를 한 대 친 것과 같았습니다. 이어진 설명을 들어 보니 오래전에 계획을 짜서 치밀하게 준비해 왔다는 것이 느껴졌습니다. 내가 반대하면 즉시 싸움이 벌어질 것 같았습니다.

아내의 주도면밀함 앞에서 나는 거대한 해일을 만난 것처럼 무력감에 젖어 들었습니다. 그러다가 분노에 휩싸였고, 당장 아내의 의지를 꺾어 놓아야 한다는 충동에 사로잡혔습니다. 그 사람이 그동안 나에게 일언반구도 하지 않았다는 사실에 배신감마저 느꼈습니다. 그것을 문제 삼자고 나는 생각했습니다.

그러나 내가 포문을 열기 위하여 호흡을 다지는 사이 아내가 먼저 조용하지만 결의에 찬 음성으로 말했습니다.
"난 그럴 권리가 있다고 생각해."

그 말을 들은 순간 나는 아내의 마음을 돌이키는 것이 불가능하겠구나, 생각했습니다. 아내는 이미 자신이 설계한 배 위에 올라타 있었고, 그 배는 벌써 힘차게 스크루를 돌리며 항해를 하고 있었습니다.

모든 열정은 자기 길을 가게 마련입니다. 그 열정보다 훨씬 더 큰 어떤 힘으로 가로막지 않는 한, 사랑도 슬픔도 기쁨도 모두 그 크기에 따라 정해진 여로의 끝에 다다라야 멈추는 법입니다.
나에게는 이미 길을 떠난 아내의 열정을 흡수해 버릴 만한 더 큰 열정이 없었습니다.

현실적으로도 그랬습니다. 아내가 말했다시피 아내에게는 그럴 권리가 있었습니다. 인정하지 않을 수 없는 아내의 권리였습니다.

서른여섯 살 때, 나는 세월이 갈수록 오직 내 손에 쥐여지는 월급만이 의미를 독차지해 버린 투견장 같은 회사를 그만두고 출판업을 시작했습니다.

사랑, 결혼, 직장 생활과 실직, 사교, 자식과 부모, 죽음 등, 우리 삶을 구성하는 중요한 테마들을 중심으로 '행복한 인생이란 무엇인가'를 인류학적으로 탐구한 책들을 펴냈습니다.

그러나 아내의 무한한 신뢰와 격려에도 불구하고 얼마간의 환희만 얻은 채, 대학 졸업 후 그때까지 벌었던 재산의 대부분을 날려 버렸습니다.

2년 만이었습니다. 어느 순간 발밑이 미끄러지기 시작하더니 눈사태처럼 순식간에 가장 밑바닥으로 내려앉아 버렸습니다.

나는 아내와 아이를 데리고 고향으로 내려갈 생각이었습니다. 부모님과도 그렇게 하기로 합의를 보았습니다. 고향에서 아버지 사업을 도우며 조용히 살다가 정들면 계속 그렇게 살 것이고, 아니라면 얼마간의 자금을 준비한 뒤 다시 서울로 오자고 아내를 설득했습니다.

그러나 아내는 완강하게 거부했습니다. 자신은 잘살고 싶으며, 자신이 잘사는 모습을 남들에게 보여 주고 싶다고 했습니다. 그 욕구를 숨기지 않았습니다.

아내는 친하게 지내던 친구들을 들먹이기도 했습니다. 자기보다 못한 사람들이 좋은 환경 덕분에 지금 잘나가고 있다며 분노에 차서 말했습니다. 집안의 도움으로 대학의 교수가 된 친구를 맹렬히 비난하기도 했습니다.

아내는 고향으로 내려가는 것을 패배자의 도피로 여겼으며, 자신은 꼭 성공하고 싶다고 했습니다.

어쩔 수 없이 나는 퓨전 음식점을 하자는 아내의 제의를 받아들였습니다. 내 나이 서른아홉 살 때였습니다. 그러나 또 위기에 봉착했습니다. 고생 끝에 희망이 보일 무렵, 부족한 자본을 댔던 반동업자 비슷한 나의 지인이 잠적해 버린 것입니다.

이런 식으로 끝나는구나 싶었습니다. 패배니 실패니 몰락이니 하는 것이 멀리 있는 게 아니구나, 하고 생각했습니다. 이렇게 몇 번 타격을 받다가 거꾸러지는 게 인생이구나, 하고 생각했습니다.

나는 당장 서울을 떠나고 싶었습니다. 이번에야말로 아내가 말한 패배자의 마음 바로 그것이었습니다.

나는 두렵고 외로웠습니다. 나는 그렇다고 선언했습니다. 그러면서 내가 유년기를 보낸 고향에 아직도 나를 남다르게 기억하고 있는 사람들이 있다는 것을 고마워했습니다. 나는 아내에게 패배한 나를 받아 줄 그들이 있다는 것을 고맙게 여겨야 한다고 강변했습니다.

그러나 아내는 이렇게 말했습니다.
"당신은 못된 인간한테 희생당한 거야."
그러고는 내가 새롭게 부여받은 그 희생자라는 관념에 힘을 얻어 세상을 원망하는 동안 조용히 뒤처리를 해나갔습니다.

몰락한 사업의 뒤 풍경은 부실시공으로 붕괴한 건설 현장과 같았습니다. 어느 날 느닷없이 낯선 사람들이, 처음 보는 낯선 사람들뿐만 아니라 알던 사이지만 태도가 표변해 더욱 낯설어진 사람들까지 우르르 달려들었다가 우르르 떠나갔습니다.

아내가 그들을 상대했습니다. 아내는 가능한 한 모든 사람들에게 도움을 요청하여 악질적인 채무 몇 개를 해결하더니 놀랍게도 다시 사업을 시작했습니다.

어느 날 늦게 귀가한 아내는 옷도 벗지 않은 채 뿌얀 형광등 바로 아래 드러누웠습니다. 그러고는 한쪽 팔로 눈을 가린 채 한참 동안 색색 숨소리를 냈습니다.

그 모습이 안쓰러워 팔을 들어 올리자 아내는 손바닥으로 불빛을 가리며 내 눈을 찾아 맞췄습니다. 그러고는 속삭이듯 말했습니다.

"우리 다시 시작하자."

아내가 열쇠를 쥐었습니다. 나는 내 속에서 들끓는 모든 빛깔의 감정을 괄호에 담아 버렸습니다. 그리고 헌신적으로 아내를 도왔습니다. 밤도 잠도 없는 백야 같은 사나흘을 보낼 때도 자주 있었습니다.

그렇게 사계절이 지나면서 그녀의 꼼꼼한 성격과 손재주가 빛을 발하기 시작했습니다. 2년이 지난 어느 날 허리를 펴고

한숨을 쉬면서 돌아보니, 호의적인 밝은 얼굴들이 우리 주위
에 가득 모여 있었습니다.

　돈이 돌기 시작했습니다. 하루가 다르게 점점 속도가 붙었
습니다. 아내는 정통 서구식 레스토랑 스타일의 채식 한식당
2호점을 계획했습니다. 불안한 마음이 없지 않았지만 나는 웃
음으로 응원해 주었습니다.
　나는 극히 실무적인 일만 거들뿐 경영의 전체적인 플랜에
대해서는 의견을 내지 않았습니다. 잘 선별한 영양 만점의 인
류학 저서들을 가지고 기껏 몰락이라는 요리밖에 만들지 못한
나는 경영이라는 말 자체가 두려웠습니다.

　순식간에 규모가 커졌습니다. 2호점과 3호점이 바로 이어졌
고, 마침내 전국적인 프랜차이즈로 키우자는 대자본의 제안
을 받기에 이르렀습니다. 이른바 대박이라고 하기에는 많이
부족했지만, 웬만한 수준에서 자기 욕심을 제어할 줄 아는 사
람이라면 크게 만족할 만한 성취였습니다.

　나는 아내가 이제 기어를 두 단쯤 더 높여서 더 이상 자기
손으로 음식을 만들지 않고 감독만 하는 음식점 체인의 여성

CEO가 되겠구나, 하고 생각했습니다.

그러나 아내는 거기서 멈췄습니다. 그리고 용감하게 그림과 뉴욕과 아들의 교육을 선택했습니다.

나중에 기묘한 이방인이자 원초적 기러기인 리지라는 여인을 만나게 되는 그 레스토랑에서, 아내와 나는 같은 얘기를 반복하기 시작했습니다. 서로 다른 욕망이 맞부딪칠 때면 늘 보게 되는 풍경이었습니다. 우리는 상대를 굴복시키기 위하여 이미 다 알고 있는 말들을 다시 늘어놓았습니다.

아내는 딱 3년이라고 말했습니다. 딱 3년, 나는 이미 잘 알고 있었습니다. 4년이나 6년이 아니라 딱 3년이었습니다.

아내는 그 3년 동안 뉴욕에서 중학생 시절을 보낼 아들의 행복을 느끼지 못하겠느냐며 나를 무정하다고 도발했습니다.

나는 풍부한 감성은 둘론 이성도 가지고 있다는 것을 보여주기 위하여, 선진 교육이라는 포장지로 근사하게 싸여 있는 조기 유학이 지닌 병리학적 문제점들과 기러기 생활이 가져올 공허와 상처를 마구 들춰내 놓았습니다.

그러자 잠시 아들애를 활용하던 아내는 다시 자기 자신에게로 돌아갔습니다. 아내는 자신의 잃어버린 꿈으로 나를 압박했습니다. 자신은 원래 화가가 되고 싶었다고 말했습니다. 알고 있었습니다. 반복하지 않아도 나는 잘 알고 있었습니다.

아내는 집안 형편이 좋지 못해, 아내의 마음과도 실력과도 터무니없이 어울리지 않는 2년제 대학에서 디자인을 공부하고 바로 돈벌이에 나섰습니다.

지금에 와서 화가가 될 수는 없겠지만, 더 늦기 전에 3년의 온전한 자기 시간을 갖고 싶다고 아내는 말했습니다. 그 3년이 아이의 자유로운 교육과도 겹치니 더더욱 가치 있는 것 아니냐고 아내는 주장했습니다.

아내는 나의 꿈도 끄집어냈습니다. 나에게도 하고 싶은 일을 하라고 했습니다.

하고 싶은 일을? 그렇다면 또다시 '행복한 인생이란 무엇인가'를 탐구한 멋진 인류학 저서들을 출판하라고?

아니었습니다. 아내는 한때 내가 몰두했던 연극 얘기를 했습니다. 아마도 자신의 그림 이야기와 짝을 지으려고 그 얘기를 꺼낸 것이겠지요.

그렇지만 나는 인류학 전공자로서 아마추어 수준의 연극 애호가에 지나지 않았습니다. 나는 그 이상의 열망을 가져 본 적이 없으며, 그럴 만한 능력도 없었습니다.

그러나 아내의 연극 얘기는 엉뚱한 쪽에서 내 마음을 흔들었습니다. 젊은 날로 통하는 감상적인 회상의 터널 속으로 마치 밀물처럼 나를 떠밀고 들어갔습니다.

그건 어느 봄날의 일이었습니다. 나는 피터 새퍼를 보러 극장에 갔다가 아내를 처음 만났습니다. 그녀가 내 왼편에 앉아 있었는데, 나는 그 옆에 다른 남자가 있어 함께 온 것으로 생각했습니다.
공연이 끝난 뒤 그 남자는 자기 옆에 있던 다른 여자와 함께 일어서고 아내는 홀로 남았습니다.

마음에 여운이 많은 듯 아내는 배우들이 인사를 하고 사라진 무대를 멍하니 바라보았습니다. 사람들이 거의 다 나갈 때까지 아내는 움직이지 않았습니다. 바로 그 모습이 내 가슴을 파고들었습니다.

“이제 그만 나가야 하지 않을까요?”

내가 아내에게 한 첫마디였습니다. 그리고 그것으로 우리는 연인이 되었습니다. 나는 복학한 대학교 3학년생이었고, 그녀는 이미 사회생활을 하고 있었습니다.

그해 가을은 행복했습니다. 내 곁에 그 여자가 있어서였습니다. 나는 오래전에 맥이 끊어졌다가 다시 부활한 학과 연극 공연에 배우로 참여했습니다. 자신 없어 하는 나를 아내가 부추겼습니다. 지금 무대에 서보지 않으면 평생 기회가 없을지도 모른다면서요.

선후배가 모여 서로 싸우면서 연습을 하는 한 달 동안, 아내는 회사가 끝나면 곧장 달려오곤 했습니다. 그리고 이른 추위로 낙엽이 떨어져 바람에 날리던 늦은 가을날, 사흘 동안 캠퍼스의 조그만 극장에서 공연을 했습니다. 애석하게도 학과 선후배 외에 일반 관객은 별로 없었지만, 무대 위에서의 시간은 잊을 수 없는 경험이었습니다.

공연 첫째 날과 둘째 날은 아무것도 보이지 않았으나, 셋째 날은 빈자리가 더 많은 객석이 보였습니다.

공연이 끝난 뒤에는 머리에 바른 끈적거리는 하얀 물감을 씻어 내야 했습니다. 분장실에 세면 시설이 없어서 극장 바깥 복도 끝에 있는 화장실에서 차가운 물이 쏟아지는 수도꼭지 아래로 머리를 들이밀어야 했지만 그래도 즐거웠습니다.

마지막 날, 이제 더는 무대가 없다는 허전함에 젖어 느릿느릿 머리를 감고 있는 나를, 반짝반짝 빛나는 까만 눈으로 아내가 바라보았습니다.

나는 머리가 덜 마른 채로 남들 몰래 건물을 빠져나와 아내의 손을 꼭 잡은 채 어두운 캠퍼스를 한참 돌아다니다가 뒤풀이 장소로 갔습니다.

그때의 그 새까만 눈으로 아내가 추억의 물결에 젖어 든 나를 바라보았습니다.

아내는 자신이 뉴욕에서 그림 공부를 하는 동안 나도 내 시간을 가져 보라고 말했습니다. 셰익스피어를 읽고, 거창하게도 작품까지 써보라고 했습니다. 그동안 우리는 고생해서 그럴 만한 여유를 얻었으니, 여기서 사업을 멈춰야 한다고 아내는 말했습니다.

“지금 멈추지 못하면 평생 일과 시시콜콜한 일상에 묶여서 인생을 마칠 거야. 난 그렇게 되고 싶지 않아. 당신도 그런 삶을 원하지 않는다는 걸 알아.”

사실 아내는 돈 욕심이 없는 사람이었습니다. 집안 형편 때문에 일찌감치 돈벌이에 나섰지만, 결혼하면서 일을 그만두었습니다. 사는 데 큰 지장이 없는 한 단지 돈 때문에 하기 싫은 일을 억지로 하며 살고 싶지는 않다고 했습니다.
나는 그런 아내의 이상주의를 존중해 주었으며, 아내는 내가 인류학 책을 내며 파산할 때까지 집 안에서 성실한 가정주부로서 자기 역할을 다 했습니다.

마음이 흔들리기 시작했지만, 나는 그림에 대한 아내의 열망과 같은 그런 큰 열망을 연극에 가지고 있지 않았습니다. 애초부터 나는 성실한 관객으로 만족한 사람이었습니다. 궁금증이 일었습니다.
“왜 출판사를 다시 해보라고는 권하지 않아?”
내가 묻자, 자신의 시나리오가 정당하다는 것을 설명하느라고 흥분해 있던 아내가 긴장을 풀며 소리 내어 웃었습니다.

"그건 당신이 판단해. 하지만 내가 당신한테 권하고 싶은 건 눈에 돈을 달고 사는 사람들과 머리싸움하지 말고, 당신 자신과 머리싸움하며 즐기라는 거야. 최소한 3년 동안."

"그다음엔?"

"그건 그때 가서 생각해. 당신이나 내가 탐욕으로 미치지만 않는다면 사는 데는 지장 없어. 당신도 알잖아? 여보, 우리 이 행운을 값지게 이용하자."

"정 그렇다면 나도 함께 가자."

나는 별생각 없이 말해 보았습니다. 사실 마음에도 없는 말이었는데, 아내의 반응이 의외였습니다. 밝게 펴졌던 얼굴에서 미소가 싹 가시며 어둠이 자리를 잡았습니다. 아내는 내 눈을 피한 채 커피 잔을 만지더니 그것은 싫다고 했습니다.

"홀로 있는 시간을 갖고 싶어."

아내가 덧붙였습니다.

순간, 그다지 떳떳하다고 할 수 없는 생각이 떠올랐습니다. 그 문제가 아내의 아킬레스건이라는 판단과 함께 이 부분을 집중 공격하면 되겠다 싶었던 것입니다.

좋아, 당신 제안을 받아들이겠다. 단, 나도 뉴욕에 가서 연극을 공부하고 싶으니 함께 가자. 나는 기러기 아빠가 되고 싶지 않아. 뉴욕에서도 아이에게는 엄마 아빠가 함께 있는 게 당연히 더 좋지 않겠어. 싫으면 이 계획은 없던 걸로 하자, 라는 식으로 말입니다.

그러나 아내가 마음을 바꾸어 함께 가자고 동의하면 어떻게 할 것인가, 하는 생각이 이어지면서, 나는 스스로 움켜쥔 도끼로 내 발등을 찍고 말았습니다. 뉴욕이 멋진 도시라고 듣긴 했지만, 나는 속 시원하게 말도 통하지 않는 그곳에서 살고 싶은 마음이 없으니, 마음에 없는 것을 가지고 아내를 방해하는 것이 비열한 짓이라고 생각되었던 것입니다.

나는 뉴욕에 가고 싶은 마음은 전혀 없다면서 내 눈치를 보는 아내를 안심시켰습니다.
그러나 이기심 때문이었던지, 동의한다는 말은 끝내 하지 못했습니다. 어떤 인생도 자신의 것이라고만 말해 주었습니다. 아내도 그 말이 적극적인 동의를 뜻하는 것이냐고 추궁하지는 않았습니다.

그런 다음 대규모 지각 변동이 일어났습니다. 아내는 신속하게 그러나 차근차근 정리 작업을 해나갔습니다.

　대기업의 외식업체에 우리의 자산을 넘기고 수익은 적지만 안정성이 높은 금융 상품에 재투자했으며, 살던 아파트를 전세로 내놓고 나의 거처로 아늑한 오피스텔을 구입했습니다. 그리고 양가 부모 형제와 다른 신세 진 사람들에게 적절한 수준의 돈을 준 것이 클라이맥스였습니다.

　그 과정을 지켜보려니 내가 완강하게 거부했더라도 아내는 결국 자기 길을 갔을 거라는 생각에 마음 한편이 서늘해졌습니다.

　그리고 어느 날, 처가에서 임시로 살고 있던 아내와 아이가 떠났습니다. 소란스럽지도 무겁지도 않은 공항에서의 작별이, 아내가 그렁그렁 눈물이 맺힌 눈으로 나를 바라보는 것으로 마무리되었습니다.

　그렇게 나는 그전까지 내 인생에서 단 한 번도 생각해 본 적이 없는 기러기가 되었습니다.

　그 느낌을 어떻게 표현하면 좋을까요? 익숙하기 그지없는 서울로 돌아오는 길임에도 불구하고 나는 오히려 낯선 도시를 처음으로, 그것도 홀로 찾아가고 있는 듯 불안하고 허전했습니다.

그러나 그것이 어떤 의미를 내포하고 있는 감정인지는 깊이 생각해 보지 못했습니다. 독한 몸살에 걸리기 직전처럼 내 몸의 사방팔방으로 찬바람이 들어오더니 실제로 몸살이 났습니다.

나는 열흘쯤 지독한 몸살을 앓았습니다. 밤이고 낮이고 홀로 끙끙 앓으면서, 그 밤낮이 네 번이나 지나도 내가 여전히 홀로 있다는 자각이 사무친 고독감을 불러왔습니다.

시간이 무정형하게 느껴졌으며, 텅 빈 광활한 공간이 내 앞에 펼쳐져 있는 듯했습니다. 거기에 건물을 세우고 나무를 심고 시계탑을 세우지 않으면, 내가 그 형태 없는 공허감에 빨려들어 소멸될 것 같았습니다.

나는 일상의 규칙을 세웠습니다. 아침에는 반드시 맨손체조를 했으며, 억지로라도 내 몸을 바깥 풍경 속에 집어넣기 위해 일주일에 세 번 오후 3시면 어김없이 그 레스토랑으로 걸어가서 식사를 했습니다. 그리고 한 달 단위로 계획을 세워서 독서를 했으며, 연극을 보고 음악을 듣고 산책을 했습니다.

봄이 지나고 여름이 지나 가을이 오자 나는 견고하고 유쾌

한 내 리듬을 갖게 되었습니다. 소비 지출을 최소한으로 줄여서 검소하게 살았지만, 일에 얽매여 있지 않다는 점에서 속사정을 모르는 사람들이 부러워할 만한 삶이요 세월이었습니다.

하지만 인생은 목적이 있어야 하며, 이른바 문화생활이란 것도 소비로 그치면 결국 소비일 뿐, 자칫 공허해질 수 있으므로, 나는 책을 써보기로 했습니다.

나의 대학 시절과 직장 생활, 그리고 실패한 출판 일과 아내가 주도하고 내가 전력으로 보조하여 성공한 외식 사업 등에 대해서 매일 일정 시간 동안 적어 나갔습니다.

인간으로 살아간다는 것은 도대체 어떤 의미를 찾는 과정일까? 나는 자주 이 질문과 마주쳤습니다. 안개에 가려져 있던 지난 세월을 골목골목 돌아보고, 나 자신의 감춰진 속을 자주 방문하면서 나는 잔잔한 의문에 젖곤 했습니다.

얼마나 허술한 기초 위에 세워진 집인지, 왜 집을 짓고 있으며 어떤 집을 짓고 있는지 우리는 모르고 있다고 생각되었습니다. 결혼을 하고, 아이를 낳고, 자동차를 사고, 집을 마련하고, 좋은 학교에 넣기 위해 아이를 들볶고, 정치인들을 욕하는 우리들의 이 눈먼 소동이 참새나 꿀벌들의 삶과 다를 바 없어 보였습니다.

그러다 보니 중년이라는 것에 대해 절실하게 돌아보게 되었습니다. 아, 얼마나 기이하게 느껴지는지! 한 인간에게 있어서, 청년 시절의 그 사람과 중년의 그 사람을 과연 같은 존재라고 말할 수 있을까요?

저쪽이 불안정한 이상주의자라면 이쪽은 안정된 현실주의자다, 라고 말하는 건 그나마 선심을 많이 쓰는 것일지도 모르겠습니다. 정신을 다루는 직업에 종사하는 사람들을 제외하면, 중년은 머리를 거의 쓰지 않는다는 점에서 참새나 꿀벌들과 다를 바가 없다고 생각되었습니다.

나는 신간 소설을 사러 서점을 찾거나, 연극을 보기 위해 극장을 찾거나, 술자리에서 사랑의 실체에 대해 토론하고 결국에는 우리에게 찾아올 죽음에 대한 불안한 성찰을 주고받는 중년들을 별로 보지 못했습니다.

우리는 대개 신문 구독을 독서라고 생각하고, 뇌를 거의 사용하지 않아도 감상이 가능한 쉽고 편안한 TV 드라마와 영화를 좋아하며, 진지함으로 포장되어 있지만 실제로는 치열한 이해관계의 계산에 지나지 않는 정치와 교육과 경제 정책에 대해 떠들고, 사랑이라는 말을 낯간지럽게 여기면서 단지 섹스와 보양식에 대해서만 즐겨 혀를 놀리니, 외양은 화려하고 속은 텅 빈 현실이라는 이름의 쓸쓸한 몰락이 아닌지…….

최악의 밑바닥까지 곤두박질쳤다가 물질적 안정을 확보하면서, 나도 바로 그 꿀벌들의 세계로 들어서고 있었던 것이라고 생각되었습니다.
어쩌면 그렇게 5년쯤 더 지내다 나 스스로 그 사실을 깨닫고 소스라치게 놀라, 아내와 데이트를 한 뒤에 인류학을 공부하러 프랑스로 유학을 떠나겠다고 폭탄선언을 했을 수도 있겠지요.

하지만 아내가 나보다 먼저 그 사실을 깨닫고 뉴욕으로 떠났습니다. 그러고 보면 멋진 선택이었습니다. 따라서 내가 아내와 아이를 떠나보낸 것도 멋진 일이었습니다.

조금씩 자신을 성찰하여 그런 확신에 이르고 보니 아내의 빈자리가 새롭게 다가왔습니다. 결코 일상의 빈자리도, 정서의 빈자리도, 육체의 빈자리도 아니었습니다. 그보다 더 높은 수준에서의 빈자리였습니다. 그것은 이전에는 느껴 보지 못했던 것이었습니다.

그건 그 여자야말로 나의 진정한 친구라는 생각이었습니다. 일상의 친구, 육체의 친구, 현실의 친구, 그리고 이것이 빠지면 곧장 참새나 꿀벌과 친척이 되어 버리는, 왜 사는가 하는 의문과 대답을 주고받는 실존의 친구…….

그런데 어느 비 오는 가을밤, 바로 그 중년의 기러기 앞에 낯선 여자가 나타났고, 알고 보니 원초적 기러기라고 해도 좋을 운명을 짊어진 그 사람과 함께 나는 광란의 배에 올라타 밤의 끝까지 달리고 말았습니다.

3

열정적이고 광적인 첫날밤이 지나고 둘째 날 어느 땐가 나의 등 뒤가 서늘해졌습니다. 카오스의 기미가 있는 두려운 무엇인가가 바짝 다가와서 그 열정이 사위면 바로 나를 집어삼키려고 대기하고 있는 듯했습니다.

그게 무엇인지 나는 전혀 몰랐지만, 결과적으로 그 느낌은 절묘한 것이었습니다. 그것은 내가 돌이킬 수 없는 낯선 여로를 걷게 되리라는 예감이면서, 동시에 실제로 내 등 뒤에서 나를 훔쳐보고 있는 자에 대한 동물적인 감각이었으니까요.

리지와 나는 별로 대화를 나누지 않았습니다. 영혼이 비정상적으로 고온이었으니 끝없이 떠들 법했지만 우리는 침묵을 더 애호했습니다. 그럴 수밖에 없기도 했습니다. 왜냐하면 한

국말로도 영어로도 충분한 의사소통이 되지 않았으니까요.

우리는 잠과 사랑과 밥과 단문으로 주고받는 대화로 침묵 위에 그림을 그렸습니다. 말을 함으로써 탄생하는 틈을 메우기 위해서도 우리는 입을 다물고 조용히 생각하지 않을 수 없었습니다.

어쩌면 그 때문에 우리가 그 기이한 열광을 사흘이나 유지할 수 있었는지도 모릅니다. 상대의 말을 다 알아들을 수 있고 떠오르는 대로 모두 말할 수 있었다면, 그 발작적인 열병은 한두 시간으로 끝났을지도 모르겠습니다.

우리는 몸의 감각으로 만족했습니다. 굳이 서로에 대해 시시콜콜 알려고 하지 않았습니다. 리지도 그 점을 충분히 자각하고 있었습니다.

한번은 슬쩍 그녀의 신상에 대해 몇 가지 질문을 해보았습니다. 그러자 리지는 바깥에서 들려오는 말보다 자기 속에서 생겨나는 느낌과 생각이 더 좋지 않으냐고 대답했습니다. 나는 그 말에 동의해 주었습니다.

그녀는 주로 철학과 예술에 대한 극히 짧은 문장을 말했습니다. 고흐의 그림에 대해서, 모차르트의 음악에 대해서, 쇼펜하우어에 대해서, 나는 그녀가 화두처럼 던진 그 말이 만들어내는 빈 곳에 그녀의 얼굴과 표정과 자세를 그려 넣었습니다.

그런 그녀가 한번은 기묘한 말을 했습니다.
"J, 난 당신을 알고 있었어요."

헤어지던 날 오후였습니다. 비가 오는 듯 아닌 듯 거친 바람에 이슬비가 휘날리고 있었습니다. 우리는 호텔에 딸린 카페의 구석 자리에 앉아서 커피를 마시고 있었습니다.
창밖의 낙엽을 한참 바라보던 리지가 갑자기 고개를 돌려 나를 똑바로 쳐다보았습니다. 발갛게 상기된 얼굴에는 나른한 피곤기가 어려 있었고, 새까만 두 눈은 개구쟁이처럼 웃고 있었습니다.

"레스토랑에서 만나기 전부터."
그녀가 말을 이었습니다.

나는 놀라 머리카락이 쭈뼛 섰습니다. 부드럽게 잘 굴러가다가 미처 보지 못한 과속방지 턱을 타넘었을 때처럼 놀랐습

니다. 심장의 박동이 빨라지면서 밀물 같은 서늘한 기운이 몰
려와 내 등에 바짝 달라붙는 듯했습니다.

"무슨 소리예요? 나를 알고 있었다고요?"
나는 아닌 척하면서 슬며시 주변을 돌아본 뒤에 물었습니
다. 그러자 리지는 장난꾸러기 같은 표정을 지으며 고개를 끄
덕였습니다.
나는 농담이기를 바라는 기대감에서 허세를 부리듯이 조그
맣게 웃고는 다시 물었습니다.
"나를 어떻게 알았다는 거죠?"
그러자 그녀는 나를 똑바로 바라보면서 가만히 있더니 "어
쩌면 많이 놀라게 될지도 몰라요"라고 말해서, 또다시 나를
놀라게 했습니다.

나는 도망치듯 슬그머니 창밖으로 시선을 돌렸습니다. 그때
마침 참새인 듯한 작은 새 한 마리가 바람에 날리듯이 아래에
서부터 대각선을 그으며 보이지 않는 위쪽으로 휙 하고 지나
쳐 사라져 버렸습니다.

조금 뒤 나는 눈길을 돌려 다시 리지를 바라보며 물었습니다.

“왜 내가 놀라게 된다는 거죠?”

리지는 약간의 장난기가 어린, 그러나 여전히 깊은 통증을 간직하고 있는 듯한 눈길로 나를 응시하다가 소리 없이 활짝 웃었습니다.

“그냥, 우리의 인연이 놀라워서 한 말이에요.”

그녀가 말했고, 나는 “아아!” 하고 안도와 공감이 합쳐진 긴 감탄의 소리를 냈습니다. 그러면서 나를 놀라게 한 그녀의 여기가 창밖의 그 참사처럼 허공으로 사라지는 걸 기뻐했습니다.

아무것도 모른 채. 정말이지 바보처럼!

리지는 그윽하다는 말이 어울리는 딱 그런 여자였습니다. 그녀는 입을 다문 채 가만히 어느 곳을 응시하고 있을 때가 가장 아름다웠습니다. 그녀 자신은 개구쟁이처럼 웃고 있는 얼굴이 제일 마음에 든다고 했지만, 그건 그야말로 개구쟁이처럼 농담을 한 것이라고 생각되었습니다.

우리는 대체로 개구쟁이처럼 웃으며 장난을 치기보다는 말없이 그윽하고 진지하게 서로의 영혼과 살을 만지고 보았습니다.

그러나 단 한 번, 예외적이라고 할 만한 일이 있었습니다.

나를 알고 있었다고 해서 깜짝 놀라게 하더니, 마치 한밤중의 악몽에서 깨어날 때처럼 기쁘고 행복한 안도의 한숨을 쉬게 해준 직후였습니다.

리지가 갑자기 탁자 아래로 손을 뻗어 내 발목을 잡고 자기 쪽으로 끌고 갔습니다. 그러고는 신속하게 구두와 양말을 벗기더니 자기 스커트 속으로 내 발을 가져가 팬티 위로 문지르기 시작했습니다.

그녀는 곧 눈을 감았으며 순식간에 황홀과 고통이 절묘하게 배합된 여성 특유의 저 부러운 경지로 들어섰습니다.
나는 발을 빼낼 생각은 하지 않고, 그녀가 소리를 지르려고 하면 재빨리 입을 틀어막을 수 있게 두 손을 탁자 위에 올려놓고 있었습니다. 공연장 바깥에 대기 중인 앰뷸런스였던 셈인데, 다행히 사이렌을 울려야 하는 불상사는 일어나지 않았습니다.

내 오른발 엄지발가락은 아무것도 느끼지 못했지만, 그녀는 비법이 있는지 불과 몇 분 만에 목표점에 도달했습니다. 그녀는 입을 벌리고 고개를 젖히며 죽음처럼 경직되었다가 온몸이 동시에 살아나 색색 숨을 쉬며 여운을 음미했습니다. 그러고는 살며시 눈을 뜨더니 자신의 승리를 자축하는 듯한 야릇한 미소를 던진 다음 "바이!" 하고 속삭이고는 사라져 버렸습니다.

나는 뒤늦게 구두와 양말이 없어진 사실을 알아차리고 손으로 입을 가린 채 웃었습니다. 그리고 진한 커피를 한 잔 더 시켜 향을 맡으며 그 장난이 내게 남겨 놓은 기묘한 즐거움을 음미하고 있었습니다.

그때 익숙하고도 낯선 얼굴 하나가 내 속에 슥 나타나더니 의아스럽다는 듯 말했습니다.

"당신, 지금 뭐하고 있어?"

그의 이름을 이성이라고 불러도 좋을지 모르겠지만 나는 그렇게 느꼈습니다. 그것은 리지를 처음 본 순간부터 그때까지 자신이 그토록 처참하게 무시당한 것이 원통하다는 듯 질긴 섬유 가닥 같은 집요한 불안감으로 나를 괴롭히기 시작했습니다.

나는 서서히 움직이기 시작하여 순식간에 질주하는 롤러코스트에 올라탄 것처럼 걷잡을 수 없는 불안감에 사로잡혔습니다. 더불어 리지가 그대로 사라져 버렸으면 좋겠다고 생각하-

기 시작했습니다. 마치 갑자기 깨어난 꿈이나 환상처럼, 이 흥
분된 낯선 여로가 툭 끝나 버리기를 열망하기 시작했습니다.

　리지는 오랫동안 나타나지 않았습니다. 30분이 지났을 때,
나는 당장 이곳을 떠나자고 마음먹었습니다. 하지만 구두 한
짝이 없는 나는 아무 데도 갈 수가 없는 운명이었습니다. 어쩔
수 없이 나는 죽은 체하는 벌레처럼 내 상황을 내가 아닌 그
여자에게 맡긴 채 기다렸습니다.

　한 시간 뒤에야 리지는 청바지에 포근한 질감의 회색 스웨
터로 갈아입고 나타났습니다. 고개를 숙인 채 담배를 피우고
있는 나의 눈에 그녀의 하얀 운동화가 보인 순간 실망감과 기
쁨이 스파크를 일으키며 나의 뇌를 열기로 휘감았습니다.

　"기다려 줘서 고마워요."
　그녀가 살짝 웃으며 이렇게 말했을 때는 부끄러웠으며, 탁
자 아래로 양말과 구두를 신겨 줄 때는 그녀 속에 매몰되고 싶
은 자멸적인 열정을 느꼈습니다.

　나는 그녀의 손을 잡고 급하게 계단을 오르고 복도를 뛰어

서 방으로 들어갔습니다. 그리고 침대 곁에 세워 놓은 다음 하나씩 옷을 벗겼습니다.

"왜 가버리지 않았어요?"

그녀가 팔을 들어 올리며 말했습니다. 나는 연한 하늘색 브래지어를 벗기며 물었습니다.

"가기를 바랐어요?"

"예. 한 시간이나 줬는데."

청바지와 팬티를 함께 벗기며 나는 또 물었습니다.

"왜요? 왜 그랬죠?"

그녀가 차례로 발을 들어 올리며 대답했습니다.

"당신도 나도 결국 떠나야 하니까요."

그녀는 꼿꼿이 선 채 내 몸의 옷들이 하나씩 사리지는 것을 바라보았습니다. 이윽고 팬티를 벗어 던지고 내가 말했습니다.

"맨 발로, 구두 한 짝 없이요?"

그녀가 웃었고, 나는 그녀 앞에 무릎을 꿇고 발광하기 시작했습니다.

나는 섹스라는 것을 깊이 생각해 본 적이 없는 사람입니다. 아내와 처음 사랑을 나눌 때는 모든 것이 서툴고 어색하고 불안했습니다. 그러다가 익숙해질 무렵에는 이미 일상이 되어 있었습니다.

그래도 아내와 나는 대체로 그 일이 주는 몸의 쾌락과 영혼의 친밀감에 개방적이었습니다. 우리는 은밀한 대화에도 익숙했습니다. 아내가 뉴욕으로 떠나기 얼마 전에 우리는 사랑을 나누었습니다. 그때 나는 떨어져 있는 동안 아내를 생각하며 자위를 하겠다고 말했습니다. 당신도 그러기를 바란다고 덧붙이자, 아내는 쑥스러운 웃음소리를 내며 나를 꼭 끌어안았습니다.

그러나 우리는, 아니 나는 섹스가 영혼과 육체의 바닥 없는 구멍과도 연결되어 있는 줄은 몰랐으며, 당연히 삶의 보이지 않는 바깥 세계로 빠져나가려 하는 새까만 구멍인 줄도 몰랐습니다.

그 낯선 열광의 핵심은 끝장에 대한 욕구 같았습니다. 그것은 욕망의 마지막 지점에 도달하고 싶다는 욕망이며, 상대를 완벽하게 소유하고 싶다는 욕망이며, 혹은 물리적으로 상대와 조금의 빈틈도 없이 완전히 일치되고 싶어 하는 욕망이며, 욕망하는 그 욕망조차 깡그리 집어삼키고 싶어 하는 욕망이었습니다.

하지만 그것은 실패할 수밖에 없는 욕망이었습니다. 아무리 애를 써도 달성할 수 없는 욕망이었습니다. 욕망하는 욕망조차 깡그리 삼켜 버리면 욕망 자체가 없어져 버릴 텐데, 그래서 어떤 사람들은 섹스 욕구가 죽음의 욕구와 연결되어 있다고 말했는지도 모르겠습니다.

시간이 갈수록 점점 더 거칠어져 간 최후의 사랑이 끝난 뒤, 다시 떨어져 나가 버린 리지를 끌어안고 절실한 공허감을 감지하면서, 나는 이미 그렇게 느끼고 있었는지도 모르겠습니다.

리지는 벌거벗은 채 그대로 잠들었습니다.
나는 창가에서 밖을 내다보며 생각에 잠겼습니다. 이제 여로의 종착지가 보이는 듯했습니다. 이 여행이 끝나고 나면 아내에 대한 나의 사랑이 새로운 옷을 하나 더 지어 입을 것 같았습니다. 그것은 동지애의 빛깔을 띤 깊은 믿음일 것 같았습니다.

사업에 실패하고 사기를 당하여 몰락한 뒤, 아내와 함께 그

수렁에서 빠져나오려고 분투하면서도 느낀 그것과는 또 다른 차원이라고 생각되었습니다. 동지라는 말로는 많이 부족하지만 다른 말이 떠오르지 않았습니다.

나의 생각에 대해 몇 사람이나 공감해 줄지 모르겠지만, 그 동지애의 바탕은 소유욕이라고 생각되었습니다. 누구나 가지고 있는 이기적인 소유욕이 아니라, 유일무이하게 오직 당신에 대해서만 내 소유의 권리를 주장하겠다는 절대적으로 편협한 그런 소유욕 말입니다.

리지도 나와의 여로에서 의미를 찾고 있었습니다. 짧은 선잠에서 깨어난 리지는 이런 얘기를 해주었습니다.

어린 시절, 노르웨이의 집에서 그리 멀지 않은 곳에 크지도 작지도 않은 연못이 하나 있었다고 합니다. 일곱 살 늦여름에 우연히 알게 되어 그해 가을 내내, 리지는 바람이 없는 고요한 날이면 어김없이 그곳을 찾았다고 합니다. 그러고는 작은 돌멩이를 여러 개 주워 놓고, 잇달아 생겨나 자꾸만 퍼져 나가는 물결을 만들기 위해, 유리 같은 수면에 돌을 던지곤 했다고 합니다.

"그랬어요, 그 아이가."
리지가 말했습니다.

얼마나 그 일에 몰두했던지, 양부모가 금지령을 내렸고, 정
신과 의사와 상담까지 받게 했지만, 리지는 한동안 마음속에
그 연못을 그려 놓고 계속해서 돌멩이를 던져 댔다고 합니다.
건너편 기슭을 향해 춤추듯 나아가는 최초의 물결과 그를 따
르는 수많은 물결들이 모두 사라지고 나면, 매번 견딜 수 없는
절망감에 사로잡혔지만 리지는 멈출 수가 없었다고 합니다.

"이제야 그 물결들 중 하나가 건너편 기슭에 닿았어요."
리지가 말했습니다.

그녀는 나와의 특별한 여로를 그렇게 해석했습니다. 그녀는
그런 시간을 갖게 될 줄은 꿈에도 몰랐다고 했습니다. 내가 그
녀의 목덜미를 만지고 가슴을 머금고 그녀 속으로 들어가면,
그동안 늘 텅 비어 있다고 느꼈던 그 밑바닥이 채워지는 것 같
았다고 했습니다.
우리가 뜨거운 불꽃으로 타오르고 있을 때 그녀는 그대로
죽고 싶었다고도 했습니다.

"아뇨, J. 그건 나쁜 뜻이 아니에요. 몸과 영혼이 가득 채워진 그 상태로 세계 속에 녹아 들고 싶었던 거예요."

그녀가 말했습니다.

이별을 생각하면 무섭기도 하지만 고향이라는 말을 실감하고 있다고 그녀는 말했습니다. 내가 그녀의 연인이면서 오빠 같으며, 심지어 아버지처럼 느껴지기도 한다고 그녀는 말했습니다.

"이 느낌을 영원히 간직하겠어요, J. 당신은 하늘이 준 고마운 선물이에요."

그녀가 말했습니다.

어떻게 끝낼 것인가에 대한 두려움이 있었습니다. 리지가 세속적으로 나를 계속 속박하려 한다면 어떻게 할 것인가?

그러나 그녀는 우리가 함께한 여로가 어떤 것인지 잘 알고 있었습니다. 마지막 사랑을 나누고 리지는 이제 또 먼 여행길에 올라야 한다고 했습니다. 나는 그 말을 영원한 작별의 뜻으로 이해했습니다. 뜨겁게 타오르던 불길의 종말은 그 자체로 허무한 것이어서, 나는 안도하면서도 가슴이 뻥 뚫리는 듯한 고통을 느꼈습니다.

　나는 창가 벽에 몸을 기댄 채 언제 또 올 거냐고 물었습니다. 그러고는 바로, 다시 나를 찾을 거냐고 고쳐 물었습니다.
　바닥의 카펫에 앉아서 손거울을 들여다보고 있던 그녀가 살포시 웃으며 되물었습니다.
　"다시 찾으면 반겨 줄 거예요?"

　나는 아무 말도 할 수 없었습니다.
　그러자 그녀가 밝은 표정으로 말했습니다.
　"말하지 마세요. 침묵이 더 좋아요."

　그런 다음 우리는 함께 외출을 했습니다. 리지는 레스토랑에서 처음 만났을 때처럼 차려입고 있었습니다.
　비는 내리지 않았으나 음산한 날씨였습니다. 늦은 오후의 하늘에 회색 물감이 흐르고 있는 것 같았습니다. 싸늘한 바람이 옷깃을 여미게 했으며, 눈이 올 듯했으나 끝내 눈은 내리지 않았습니다.
　우리는 김밥을 먹었고, 영화를 보았고, 꽃다발을 사들고 어둠이 내린 거리를 되는대로 걸어 다녔습니다.

이윽고 호텔로 돌아오다가 우리는 포장마차에서 술을 마셨습니다. 그리고 서로가 서로를 이끌며 주택가의 낯선 골목으로 들어갔습니다.

어느 집의 굴뚝 옆 돌담에 붙어 서서 우리는 사랑을 나누려고 했습니다. 그러나 잘되지 않았습니다. 사랑을 하기에는 너무나 적대적인 환경이었습니다.

나는 리지를 호텔로 데려다 주었습니다.

"언제 떠나죠?"

내가 묻자 그녀는 곧 떠날 거라면서 내 목에 팔을 두르며 길게 키스를 했습니다. 사방이 트인 곳에서 노골적으로 애정 표현을 한 것은 그것이 처음이자 마지막이었습니다.

"여기서 헤어져요."

그녀가 말했습니다. 그러고는 청회색 가을 코트 자락을 휘날리며 호텔 안으로 들어갔습니다. 나는 그녀가 계단을 올라가는 순간 돌아섰습니다.

꽃다발을 골목길의 굴뚝 옆에 그대로 두었다는 게 기억났습니다. 그걸 찾아서 그녀에게 주고 싶었습니다. 그 골목을 한참 동안 헤맸으나 꽃다발은 끝내 찾지 못했습니다.

다음 날 호텔로 전화를 하니 상냥한 목소리의 여자가 리지는 이미 체크아웃을 했다고 알려 주었습니다.

나는 밤사이에 내린 비로 눅눅한 거리를 걸으며 그런 식의 기약 없는 작별이야말로 우리의 여로와 잘 어울린다고 생각했습니다. 내가 리지라는 이름만으로 알고 있는 기묘한 이방인 그녀에게도, 그녀에게 J라고만 불린 중년의 기러기인 나에게도!

그렇게 가을이 지나갔습니다. 화창한 날들이 이어졌고, 마지막 낙엽들이 떨어졌으며, 나는 해일의 바다를 지나 다시 평온한 잔물결의 호수로 돌아왔습니다.

내 속의 낯선 나는 모습을 감추었습니다.

그리고 겨울이 왔습니다. 나는 내가 가장 좋아하는 아내의 사진을 확대하여 잘 보이는 자리에 걸어 두었습니다. 단순한 속죄의식은 아니었습니다.

낡은 껍질을 벗고 새롭게 태어났다는 느낌이 내 속에 충만해 있었습니다. 설명할 수는 없지만, 내가 새로 태어났다는 것은 아내가 새로 태어났다는 것과 같다고 느꼈습니다.

불륜을 저지른 남자가 꾸며 내는 뻔뻔한 자기 합리화로 보일 수도 있지만, 내가 그런 느낌이었다는 것은 명백한 사실이니 이렇게 고백하는 것입니다.
물론 이 고백의 저 어두운 지하에 나의 위선과 기만이 있을지도 모르지요. 만약 그것을 정밀하게 볼 수 있는 사람이 재주껏 드러내 제시해 준다면 나는 결코 외면하거나 부인하지 않을 것입니다.

4

"혹시 L 선생이신가요?"

"예, 그렇습니다."

"전화 드렸던 K 변호사입니다."

"아아, 네. 안녕하세요?"

"안녕하세요? 반갑습니다."

"예. 이쪽에 앉으시죠."

"고맙습니다."

"제 또래일 걸로 생각했는데 연세가 많으시군요."

"허허, 일흔이 넘었습니다. 나이만 먹었죠."

"흔히 하는 말로 곱게 늙으셨는데요."

"그렇게 봐주시니 고맙습니다."

"이런 식으로 만나는 게 더 좋을 것 같아서 일방적으로 정했

습니다. 음식을 먹으면서 얘기하면 감정을 자제할 수 있을 것
같아서요.”

“예, 잘하셨습니다. 나도 좋습니다.”

“제가 가끔 농담을 하더라도 상황이 상황인 만큼 그러려니
이해해 주십시오. 전화 받고 상당히 놀랐거든요.”

“예, 이해합니다. 여러 가지로 배려를 해주셔서 내가 오히려
감사합니다.”

“제가 조금 일찍 와서 평소 좋아하던 것으로 주문해 놓았는
데 입에 맞을지 모르겠습니다.”

“난 아무거나 잘 먹으니까 걱정 마세요.”

“아, 저기 나오는군요…….”

“음식들이 한꺼번에 나오니까 좀 낯설죠?”

“흠, 재미있는데요. 이게 이 집의 스타일인가요?”

“아뇨, 이 집의 스타일이 아니라 제 스타일입니다.”

“선생 스타일이라면?”

“제가 오면 주인이 이렇게 해줍니다. 제가 이렇게 해달라고
부탁했거든요. 어떠세요?”

“좋은데요, 좋아요. 양식은 차례대로 나오지만 이것도 좋군
요. 한꺼번에 쭉 늘어놓고 먹는다.”

“마음에 드신다니 다행입니다. 자, 그럼 드시죠. 드시면서 얘기하시죠.”

“예, 잘 먹겠습니다. 그래도 수프부터 먹어야겠죠?”

“그건 영감님 마음대로 하세요.”

“내 마음대로라…….”

“저는 그날그날 기분 따라 다릅니다.”

“그래, 오늘 기분은 어때요?”

“오늘은 바로 고기 몇 점을 잘라서 먹고 싶은데요.”

“그럼 나는 먼저 감자를 하나 먹고.”

“어떤 때는 자른 고기를 샐러드와 함께 먹거나 수프에 찍어 먹기도 합니다. 순서대로 나오면 불가능한 방식이죠.”

“아아, 그렇군요. 나도 지금 바로 해봐야겠습니다.”

“어떠세요? 맛있으세요?”

“예, 좋습니다. 갈빗집에서 구운 고기를 채스와 함께 먹는 것 같군요. 맛은 다르지만.”

“편하게, 많이 드십시오.”

“고맙습니다. 그런데 어쩌다 이런 한국식 스테이크 차림을 생각해 내셨죠?”

“우연입니다.”

“우연?”

“예. 어느 날 왜 이렇게 꼭 정해진 순서대로 하나씩 따로따로 먹어야 하나 하는 생각이 들더군요, 우연히.”

“아아.”

“그래서 친하게 지내는 주인에게 한꺼번에 달라고 해봤죠.”

“그런데 그게 좋았군요.”

“그럼요. 훨씬 더 좋더군요. 그래서 계속 이렇게 하고 있습니다.”

“창의적인 분이군요.”

“뭐, 창의적이라고 할 것까지야 있겠어요?”

“아니에요, 이런 게 창의적인 겁니다.”

“그저 차례대로 나오던 걸 한꺼번에 차려 달라고 했을 뿐인데요 뭐. 그것도 변덕스러운 기분 때문에.”

“우연히?”

“예, 우연히.”

“하지만 별것 아닌 걸 획기적으로 바꾸는 게 진짜 창의적인 겁니다.”

“그런가요?”

“그럼요. 고정관념을 깨는 건 정말 어려운 일이니까요.”

“그렇게 볼 수도 있겠군요.”

“아무도 달걀을 세로로 세우지 못했지만 콜럼버스만은 달걀

한쪽을 살짝 찌그러뜨린 다음 세로로 세웠잖아요.”

“그렇게 자꾸 칭찬을 하시니 욕심이 나는데요?”

“어떤 욕심요?”

“이런 것도 지적 소유권 같은 걸 주장할 수 있을까요?”

“예?”

“법적으로 말입니다.”

“허허, 난 또 무슨 얘기인가 했습니다.”

“농담입니다.”

“하지만 콜럼버스는 아마 딱 그런 마음이었을 것 같군요. 그 시절에는 지적 소유권 같은 게 없었지만요.”

“무슨 뜻이죠?”

“신대륙을 발견하고 돌아와서 세상의 온갖 바보들에게 시달렸을 테니까요.”

“아, 무슨 말씀인지 알겠습니다.”

“그게 침략 행위라거나 발견조차 아니라는 따위의 복잡한 논쟁은 예외로 하고요.”

“예.”

“L 선생.”

“예?”

“바보들은 뭉치는 경향이 있습니다.”

“그런가요?”

“그럼요. 시도 때도 없이 뭉치죠. 그런데 뭉쳐서 뭘 하는지 알겠어요?”

“글쎄요, 뭐 빵을 사 먹으러 가나요?”

“허허, 일단 빵을 사 먹은 다음 창의적인 사람들을 괴롭힙니다. 그건 나도 할 수 있다 어쩌고저쩌고하며 시기 질투를 하는 거지요.”

“영감님은 보기와 다르게 신랄하시군요.”

“그래요, 내가 좀 그렇습니다.”

“음식을 먹어 보니 이런 차림의 진가를 더 잘 알겠어요. 덕분에 좋은 경험 합니다.”

“고맙습니다. 남기지 마시고 다 드십시오.”

“예, 그런데 L 선생은 그런 표현을, 그러니까 우연이라는 말을 애용하십니까?”

“예? 제가 그랬던가요?”

“몇 번인가 사용했는데, 그야말로 우연히 그랬는지 모르겠지만 어쩐지 그 말을 강조하는 것처럼 들렸습니다.”

“그랬는지 모르겠지만, 세상만사가 다 우연이라든가 그런 특별한 믿음을 가지고 있는 건 아닙니다.”

"아, 예. 그렇군요."

"하지만 지금 영감님의 말씀을 듣고 보니 앞으로 제가 그 말을 애용할 수밖에 없지 않을까 하는 생각이 듭니다."

"그건 무슨 뜻인가요?"

"그건 영감님과 제가 만난 이유와 관계가 있습니다."

"그래요, 이제 그 얘기를 해보죠. 방금 한 말부터 조금 더 설명해 주시겠어요?"

"앞으로 일이 어떻게 전개될지 모르겠지만 제가 할 수 있는 말이라는 게 결국 변명밖에 없지 않을까요?"

"그런데 그 변명의 테마가 우연이다, 이런 얘긴가요?"

"예, 역시 이해가 빠르시군요."

"알겠습니다, 어떤 마음인지. 그런데 여긴 자주 오는 곳인가요?"

"예, 아내가 유학을 떠난 뒤부터 일주일에 세 번 규칙적으로 찾았습니다."

"좋은 집이군요. 나도 앞으로 종종 이용해야겠습니다. 좋아요."

"그렇다면 이따가 주인을 소개해 드리겠습니다. 저쪽 바 안쪽, 주방 통로 곁에 서 있는 친구가 주인입니다."

"멋쟁이로군요. 결혼은 했나요?"

"아뇨, 미혼입니다. 자칭 독신주의자죠."

"그럼 저 미남 때문에 남편 자리 하나와 아버지 자리 하나가 비어 있군요."

"이혼녀와 이혼남과 결손 가정 아이도 생기지 않았죠."

"허허, 댁이야말로 신랄하군요."

"얘기가 나온 김에 좀 더 분명하게 말씀해 주시면 고맙겠습니다."

"글쎄요, 솔직히 말해서 현재까지는 전화로 말씀드린 그것밖에 없습니다."

"아내가 이혼을 원한다면서 영감님께 법적 대리인을 부탁했습니다. 그런데 이혼을 원하는 이유는 밝히지 않았습니다. 그렇죠?"

"맞습니다. 차차 필요한 자료를 제공하고 귀국해서 공식적으로 문제를 제기할 테니, 그 전에 선생께 통보해 달라고 했습니다."

"사실 영감님 전화를 받고 절망적이었습니다. 이렇게 무슨 재미있는 일이 생긴 것처럼 농담을 하고 있지만 지금도 그렇습니다."

"이해합니다. 괴로우실 거라고 생각합니다."

"무엇 때문인지는 전혀 얘기하지 않았나요?"

“예, 부인의 말을 통해서 나름대로 추정하는 바는 있습니다.”

“그게 뭐죠? 제가 묻는 게 이상한가요?”

“예, 어떤 면에서는. 그리고 말 그대로 이건 어디까지나 추정이기 때문에 발설하지 않는 게 옳다고 봅니다.”

“예, 알겠습니다.”

“이해해 주셔서 고맙습니다.”

“하지만 이유도 밝히지 않고 이혼을 원하니까 도움을 달라, 남편에게 통보해 달라, 이런 요구를 하는 여자가 의심스럽지는 않았나요?”

“물론 필요한 검토는 다 했습니다. 신분이 확실했고 신뢰할 수 있었습니다.”

“그렇군요. 법률가시니까 치밀하시군요.”

“그렇지 않습니다. 솔직히 말하자면 나는 법률가로서가 아니라 그저 노년에 이른 한 인간으로서 두 분에게 관심을 가지고 있습니다. 필요한 법률 상담도 해드리겠지만, 그 전에 충분한 대화를 나누기를 기대하고 있습니다.”

“아내와는 어떻게 알게 되셨죠?”

“부인과 가까운 친구인 여자가 마침 우리 딸아이의 친구라 내가 뽑힌 것 같습니다. 다른 사적인 이유는 전혀 없습니다.”

"커피 드십시오."

"예, 향이 좋군요. 가정집 마당이 보여서 참 정겹습니다."

"제가 이 집 단골이 된 것도 이 수수한 마당 때문이었습니다."

"그럴 만하겠어요."

"아내가 했다는 말, 제가 잘 알 거라는 건 맞습니다."

"그래요?"

"전화를 받고 나서 바로 그쪽으로 생각했지만, 막상 영감님한테서 다시 그 얘기를 듣고 나니 심장이 터질 것 같습니다."

"부인께서는 법적으로 인정받을 수 있는 결정적인 증거를 가지고 있다고 말했습니다."

"놀랍군요."

"왜요, 선생께서는 그런 증거 같은 건 없다고 생각하세요?"

"아뇨."

"그럼요?"

"벌써 심문이 시작된 건가요?"

"아닙니다. 심문이라뇨? 궁금하니까요."

"제 짐작이 옳다면 그 일일 텐데……."

"그 일?"

"예, 그런 일이 있습니다."

"그런데요?"

"외국에 나가 있는 사람이 그런 증거를 가지고 있다니까 놀라운 거죠."

"어떤 사연인지 모르겠지만 부인을 한번 설득해 보세요."

"설득요?"

"부인의 태도가 아주 완강했습니다만, 부부의 정이 그렇게 쉽게 끊어지는 게 아닙니다. 그렇게 되어서도 안 되고요."

"영감님은 제가 잘 알고 있을 거라고 아내가 말한 게 무엇인지 알고 싶지 않으세요?"

"아뇨, 그 얘긴 듣지 않겠습니다. 하겠다고 하면 말리겠습니다."

"왜요?"

"그걸 알고 싶어서 만나자고 한 게 결코 아니니까요."

"종잡을 수 없군요."

"나를 부인 편이라고 생각하지 않으셨으면 좋겠습니다."

"일단은 말이죠? 아직 공식적으로 게임이 시작된 것은 아니니까. 그렇죠?"

"아니요, 진심을 말하자면 나는 두 분이 그런 지경에 들어서는 걸 보고 싶지 않습니다."

"솔직히 뭐가 뭔지 모르겠습니다."

“어쩌면 부인께서 정말로 이혼을 원하는 게 아닐 수도 있습니다. 혹은 이혼을 하더라도 서로 싸움을 벌이는 일 없이 처리되기를 원할 수도 있고요. 따라서 내가 굳이 선생의 아픈 점을 알 필요는 없습니다.”

“영감님은 아내의 변호사 아닙니까?”

“아직은 그렇다고 말할 수 없습니다. 내가 맡겠다고 확답한 것도 아닙니다.”

“아내가 곧 결정적 증거를 보내겠다고 했다면서요?”

“그랬죠.”

“그러면 결국엔 다 알게 될 텐데요.”

“솔직하게 말하자면, 나는 부인께서 그 결정적 증거라는 것을 나에게 보여 주지 않기를 바라고 있습니다. 정말 이혼을 원한다면 제삼자를 끼워 넣지 말고 오로지 둘이서 합의를 하라고 부인께 얘기할 작정입니다. 그러면 비록 변호사 신분이지만 나에게 두 분의 소중한 사생활을 까발려 드러내는 고통을 겪지 않아도 되지 않겠습니까? 나는 어쩔 수 없이 두 사람이 정리해야 한다면 조용히 정리하라고 권하고 싶습니다. 싸움을 벌이면 두 사람의 고통만 커집니다. 증오 외에는 아무것도 얻을 게 없습니다. 내가 법률적인 도움을 드리겠습니다.”

“커피 더 드시겠어요?”

“아니요, 이걸로 좋습니다. 하루 한 잔 이상 마시면 안 그래도 긴 밤이 더욱 길어집니다.”

“영감님 부인께서는?”

“아, 건강하게 잘 지내고 있습니다. 10년 전에 이혼하고…….”

“예?”

“허허, 놀라는군요.”

“정말이세요?”

“그럼요, 허허. 원한다면 나중에 사연을 들려 드리지요. 이 레스토랑에서 오늘처럼 풀코스 요리를 한꺼번에 쫙 차려 놓고, 가끔씩 정오의 햇살이 떨어지는 맨 흙이 드러난 가정집 마당을 내다보면서 말입니다.”

“주인을 소개해 드리지요. 저 사람은 대도시에서 최대한 조용히 사는 게 인생 목표라고 하더군요.”

“허허, 이 집은 주인도 재미있는 사람이군요.”

5

벗어진 머리에 마른 체구의 K 변호사는 고동색 뿔테 안경을 쓴 맑고 깨끗한 얼굴의 노인이었습니다. 입가에 깊이 팬 주름살과 표정에 신랄한 냉소와 쓸쓸함이 어려 있었지만, 대부분의 이해관계는 단칼에 시시하다며 외면해 버릴 듯한 달관과 관대함의 풍모가 넉넉하게 뒤를 받치고 있어서 믿음을 주는 분이었지요.

그에게서 전화가 온 것은 내가 가장 좋아하는 아내의 사진을 확대하여 잘 보이는 자리에 걸어 두고 일주일쯤 지났을 때였습니다. 전화는 오전 10시에 왔고, 우리는 오후 2시에 그 레스토랑에서 점심을 했습니다.

그 후 열흘 동안 아무 일도 없었습니다. 아무것도 달라지지 않았습니다. 평온한 하루하루가 흘러가고 있었습니다. 너무 평온해서 견디기 힘든 침묵의 나날이 이어졌습니다.

나는 결국 뉴욕으로 전화를 걸었습니다. 아내가 아니라 동서, 즉 처형의 남편과 통화를 했습니다. 그들 부부는 오래전에 이민을 가서 그곳에서 식당을 하고 있었습니다.

평소 아내와 나는 특별히 긴급한 일이 없는 한 전화를 하지 않았습니다. 그것은 우리가 합의한 내용이었습니다. 아내는 하루가 멀다 하고 서로의 안부를 확인하며 노심초사하는 것이 싫다고 했고, 나도 동의했습니다. 대신 아내와 아이와 나는 한 달에 한 번씩 편지를 쓰기로 약속했으며 지금까지 쭉 지키고 있었습니다.

신호가 가는 동안 심장이 미친 말처럼 날뛰었습니다. 처형의 남편이 전화를 받자, 순간 숨이 막히는 것 같은 아득한 통증이 가슴을 쥐어짜고는 사라졌습니다.

"여보세요? 여보세요?"

되풀이되는 그의 목소리가 들려왔습니다. 나는 간신히 입을 열어 인사를 했습니다. 그리고 변함없이 쾌활하게 반겨 주는 그의 목소리를 듣고는 비참한 안도의 한숨을 내쉬었습니다. 구질구질한 범죄자로 전락한 듯한 내 처지가 한심스러워 괴롭기만 했습니다.

나는 모두들 잘 있느냐고 안부를 묻고는, 술김에 전화 버튼을 눌렀다고 둘러댔습니다. 그는 모두들 잘 지낸다면서 연말이 다가오는데 혼자서 외롭겠다고 했습니다. 그러고는 아내와 아들애가 설날에 맞춰 귀국한다던데 모르느냐고 말을 이었습니다.

그건 처음부터 세운 계획이었습니다. 아내와 나는 떨어져 지내는 3년 동안 우리가 함께 치러야 할 모든 일들을 사전에 짜놓았습니다.

내가 그에게 잘 알고 있다고 대답하자 그가 말했습니다.

"어이 기러기! 이건 비밀인데 말이야."

그가 목소리를 죽이자 다시 숨이 가빠지며 심장에 통증이 왔습니다.

"사실은 어젯밤에 여기서 함께 밥을 먹었어."

"아, 그래요?"

"응, 동서 얘기를 하면서 혼자 외롭겠다고 하니까 처제 얼굴이 어두워지던걸."

　내가 숨죽인 채 가만있자 그가 "여보세요?" 하고 혹시라도 끊어졌나 확인했습니다. 내가 아무 이상 없다는 신호를 보내자 그가 다시 말을 이었습니다.

　"우리 내외가 곁에 있으니까 혼자 있는 자네보다야 덜하겠지만, 처제도 자네가 많이 그리울 거야. 워낙 그런 감정 내색을 하지 않는 사람이지만. 뭐, 별난 두 사람이 이렇게 별나게 살기로 했으니까 다 자네들 복이지, 허허허."

　혼란스러웠습니다. 나는 소파에 비스듬히 드러누워 액자 속의 아내를 쳐다보면서 생각을 정리해 보았습니다. 처형의 남편이 연기를 한 게 아니라면 그는 아직 그 일을 모르고 있으며, 그렇다면 당연히 처형도 모르고 있다는 얘기였습니다. 왜냐하면 내가 아는 그들 부부는 무슨 일이건 서로에게 말하지 않고는 배기지 못하는 사람들이었으니까요. 따라서 그건 아내가 처형에게 아무 말도 하지 않았다는 얘기였습니다.

　나는 그 상황을 어떻게 이해해야 할지 알 수 없었습니다. 아내가 이혼을 원한다면 말할 것도 없이 리지와의 시간이 문제일 것이었습니다. 하지만 생각할수록 의문만 증폭되었습니다.

아내는 그 사실을 어떻게 알았을까? 나를 아는 사람이 리지와 함께 있는 걸 보고 전해 줬을까? 단지 그것 때문이라면, 단지 그것 때문에 이혼을 얘기하는 거라면 뭔가 부족한 것 아닌가. 그렇다면 리지와 내가 벌거벗고 나뒹군 그 광기의 현장을 누가 훔쳐보기라도 한 것일까? 도대체 어느 수준까지? 혹시 화난 아내가 단순히 경고를 보낸 건 아닐까? 리지와 내가 만난 것을 어떻게 알게 되었는지, 그 결정적 증거라는 게 어떤 수준인지 모르겠지만 어쨌든 무척 화가 났을 테니까!

나는 쳇바퀴 속의 다람쥐처럼 추리를 거듭했습니다. 그러다가 문득 내 마음의 거울에 떠오른 벌거벗은 내 모습을 보고 말았습니다. 역겹고 혐오스러웠습니다. 나는 그에게 말했습니다. "지금 무슨 일에 네 머리를 바치고 있지? 이게 도대체 무슨 꼴이야?"

나는 나 자신에게 들키지 않으려고 수작을 부리면서 은근히 아내가 뭘 제대로 모르기를, 아내가 강력한 경고를 함으로써 나를 두려움과 고통에 떨게 하는 것으로 그치기를 바라고 있었습니다.

뜨거운 수치심이 밀물처럼 몸을 채워서, 나는 머리를 쥐어뜯었습니다. 그러면서 나는 한 번 더 혐오의 물결에 휩싸였습니다. 내 속에 뻔뻔스럽게 자리 잡은 저급한 이기심을 역겨워하는 그 자각조차 철저히 이기적인 것임을 알아차렸기 때문입니다.

나 자신을 이해하고 변명하고 방어하기 위해 가능한 한 모든 변수를 꺼내 놓은 내 머릿속에 아내의 고통과 외로움은 철저히 빠져 있었습니다.

아내는 알고 있었습니다. 어떤 방법으로 누구를 통해서 알게 되었건 어떤 수준으로 알게 되었건, 내가 자신이 아닌 다른 여자와 사랑을 나누었다는 것을 말입니다. 어쩌면 아내는 처음 그 사실을 알았을 때 믿지 않으려 했을지도 모릅니다. 그러나 그놈의 결정적 증거가 마음을 놓아주지 않았을 것입니다. 그리하여 경악과 모욕감과 외로움과 증오심에 치를 떨었을 것입니다.

하지만 나는 아내의 고통 따위는 안중에도 없이 오로지 나 자신만을 생각하고 있었습니다. 아내를 생각한 것도 철저히 나 자신에게 유리한 추리에 꼭두각시처럼 동원하기 위해서옜습니다.

뒤늦게 그 사실을 자각하고 인정했지만, 내가 이렇게 고백하고 있듯이 인간은 때로 저급하기 짝이 없는 이기적인 존재입니다.

크리스마스 며칠 전이었습니다. 아들애가 보낸 카드가 왔습니다. 하늘색 봉투를 열자 그 애의 사진을 예쁘게 디자인한 엽서가 들어 있었습니다. 그 애는 뉴욕의 어느 거리에 세워진 크리스마스트리 앞에서 활짝 웃고 있었습니다.

한참 들여다보다가 눈을 감았습니다. 퍼즐 조각처럼 웃는 얼굴이 떨어져 나가고, 고통스럽게 일그러진 낯선 얼굴이 떠올랐습니다. 죄책감과 상실감이 가슴을 채웠습니다. 나는 고개를 흔들며 눈을 떴습니다.

문득 아내가 아이의 사진을 찍어 주었을 거라는 생각이 들었습니다.

"엄마, 아빠한테 보낼 크리스마스카드를 이번엔 내 사진으로 하고 싶어."

아이가 아내에게 이렇게 얘기하고, 둘이서 웃으며 크리스마스트리가 세워져 있는 가까운 거리로 나가지 않았을까?

"좀 더 활짝 웃어 봐. 아빠 마음이 즐거워지게."
아내가 이렇게 말하지 않았을까?

아내와 아이가 깔깔대며 주고받는 말들이 메아리로 뒤엉키며 머릿속을 맴돌았습니다. 그 환상은 아내가 나를 이해해 주면 좋겠다는 기대감이었습니다.

진실을 말하건대 용서라는 말을 떠올리지는 않았습니다. 신의를 맹세한 부부로서 내가 그것을 깨트렸으니 용서를 빌어야 할 일이라고 할 수 있지만, 나는 리지와 내가 휘말려 든 그 회오리바람 같은 낯선 여로가 단순히 참을성 없는 욕정의 산물이었을 뿐이라고 인정하기는 싫었습니다.

내 속 저 깊은 곳의 무엇인가가 그건 진실이 아니라고 말하고 있었습니다. 명료하게 설명할 수는 없지만, 나는 지금도 그렇습니다. 이것 역시 나의 이기심 탓인지, 아니면 스스로 존재의 덫이라고 명명한 그 열광적인 심연을 부인할 수 없기 때문인지 나는 판단하지 못하겠습니다.

진실이 무엇이건 간에, 기대감에서 내가 만들어 낸 아내오 아이의 말들은 곧 침묵 속으로 스며들어 버렸습니다.

나는 내가 아내에게도 아이에게도 약속된 편지를 보내지 못했다는 사실과, 아이는 활짝 웃는 얼굴을 보내 주었지만 아내는 아무것도 보내주지 않았다는 사실에 주목했습니다. 애써 외면하고 있던 그 사실이 모든 것을 말해 주었습니다.

뒤늦게 아이에게 크리스마스카드를 보내고 뒤숭숭한 며칠이 지난 뒤, K 변호사에게서 전화가 왔습니다. 그는 아둔하다고 할 정도로 내 마음을 떠나지 않고 남아 있던 그 부끄럽고 가느다란 기대를 확실하게 툭 끊어 버렸습니다.

K 변호사는 오후 3시에 전화를 하고 한 시간 뒤에 손수 하얀 소형차를 몰고 오피스텔 앞으로 왔습니다. 나는 외투를 걸치고 입김을 뿜으며 기다리다가 그의 차에 올랐습니다. 표정으로는 좋은 소식인지 나쁜 소식인지 짐작할 수 없었습니다.
그는 전화로 얘기한 대로 즉시 차를 몰아 한강변의 텅 빈 야외 수영장 앞 공터로 갔습니다. 그리고 사이드 브레이크를 올리고 창문을 열더니 라디오의 FM을 틀었습니다. 단조롭고 조용한 피아노곡이 흘러나왔습니다.

"모차르트, 피아노 소나타로군요."

그가 말했습니다. 그리고 미소를 지으며 담배를 권한 뒤에
말을 이었습니다.

"모차르트는 뭇 음악가들을 지옥 같은 절망에 빠트린 사람
이지요. 그렇다면 그는 죄인이었을까요?"

내가 무슨 대답을 해야 할지 몰라 잠자코 있자, 그도 더 이
상 말하지 않았습니다.

조금 뒤 K 변호사는 자동차 문에 끼워 놓은 작은 서류 봉투
를 나에게 주면서 내용물을 보라고 했습니다. 일곱 장의 사진
이 들어 있었습니다.

얼굴이 뜨거워졌습니다. 내 쪽의 창문을 완전히 내리고 찬
바람을 들이마셨습니다. 그리고 다시 하나씩 사진을 들여다보
았습니다. 리지와의 열광적인 시간의 몇몇 순간이 면도날로
오려 낸 듯이 내 눈앞에 정지해 있었습니다.

나는 호텔 앞에서 리지와 껴안고 키스를 하고 있었으며, 어
느 거리인지 알 수 없는 곳을 함께 걷고 있었습니다. 그리고
이상한 열기에 이끌려 리지의 손을 잡고 골목으로 들어가서
서로의 바지 속으로 손을 넣은 채 키스를 하고 있었습니다.

나는 사진을 봉투에 집어넣은 뒤 창밖으로 강물을 바라보고

있는 K 변호사에게 돌려주었습니다.

  독한 술을 마시고 싶었습니다. 부끄러움과 분노가 앞서거니 뒤서거니 하며 내 영혼을 뒤흔들고 있었습니다. 그러나 곧 분노가 부끄러움을 뒤덮었으며 나는 그 열기에 몰두했습니다.
  어느 순간 내 등 뒤가 서늘해졌던 기억들이 떠올랐습니다. 나는 그것이 과도한 열정에 밀려 형편없이 위축된 나의 도덕심이 내 몸에서 완전히 쫓겨나지 않으려고 발버둥치는 감각이라고 생각한 적이 있었습니다.

  하지만 그 사진들은 그 본능적인 감각이 실제로 등 뒤에서 나를 훔쳐본 누군가의 시선 때문에 생긴 것임을 말해 주었습니다.
  그런데 도대체 그가 누구란 말인가? 리지의 음모일까? 하지만 그녀가 왜, 무슨 목적으로?

  도대체 아내는 어떻게 사진을 손에 넣었을까? 리지도 찍혀 있으니 그녀 자신이 찍은 것일 수는 없었습니다. 그럼 누군가를 시켜서 그렇게 한 것일까? 하지만 그렇다면 그 사람은 아내라는 얘기가 아닌가? 결국 아내의 손에 들어갔으니까.

함정에 빠졌다는 억울한 마음에 화가 치밀어 올랐습니다. 나는 갑자기 언성을 높여 K 변호사에게 말했습니다. 누군가가 나를 미행하고 내 사생활을 감시했다. 이 사진들이 그 결과다. 그렇다면 이건 범죄 행위 아닌가?

K 변호사는 범죄 행위라는 사실에 동의했습니다. 그러고는 내가 입을 다물기를 기다리더니 레스토랑에서 점심 식사를 할 때처럼 여유 있는 태도를 유지하며 말했습니다.

"L 선생, 흥분한다고 해결될 일이 아닙니다."

누군가가 나를 감시하고 사진을 찍었는데 흥분하지 말라고? 나는 치밀어 오르는 화를 간신히 억누르며 말했습니다.

"그럼 제가 어떻게 해야 하죠?"

"마음을 가라앉히고 이제 선생의 진실을 좀 들려주세요."

K 변호사가 말했습니다.

"진실요?"

"예, 진실. 모든 갈등의 해결은 진실의 확인에서 시작됩니다."

나는 새로 담배에 불을 붙여 물었습니다. 흥분이 가라앉으며 기분 나쁜 피로가 몰려왔습니다. 문득 변호사라기보다는 아내의 심부름꾼 노릇을 하고 있는 듯한 이 신랄하면서도 쾌활해 보이는 노인이 서 있는 자리에 의혹이 들었습니다. 나는 우회적으로 물어보았습니다.

"우리가 이런 대화를 나누는 걸 아내가 보면 영감님을 스파이라고 생각할 것 같은데요."

그러자 K 변호사는 오히려 눈에 띄게 즐거워하면서 자신은 사랑의 카오스에 빠져서 힘들어하는 남녀를 위해서라면 얼마든지 스파이가 되겠다고 말했습니다.

"단, 진실이 필요합니다."

그가 덧붙였습니다.

어쩔 수 없이 나는 늙은 스파이에게 아내와의 세월을 들려주었습니다. 그를 믿기로 한 것입니다. 피터 섀퍼를 함께 보았던 감동적인 첫 만남과 결혼에서부터, 사업 실패와 부활을 거쳐, 중년의 거듭남과 아내의 자유와 아들아이의 행복한 교육을 위한 3년간의 계획적인 이별에 이르기까지, 나는 핵심을 간추려서 들려주었습니다.

그런 다음 나는, 어느 날 갑자기 찾아온 돌풍 같은 리지와의 항해를 앞에 두고 담배를 피웠습니다. 가만히 경청하던 K 변호사가 한숨을 푹 내쉰 다음 싱긋 웃으며 말했습니다.

"멋진 사랑이군요, 나는 정반대였는데."

나는 창밖에서 눈길을 돌리는 K 변호사를 바라보았습니다. 그가 정면을 향한 채 말을 이었습니다.

"나는 아주 정략적으로 결혼했소이다, 부끄럽게도."

시종 잔잔한 음악이 흘러나오던 라디오에서 돌연 쇼스타코비치의 왈츠가 터져 나왔습니다. 나는 가슴을 후벼 파는 그 울적한 선율이 참을 수 없어서 신경질적으로 라디오를 꺼버렸습니다.

"죄송합니다."

내가 말하자 K 변호사는 괜찮다면서 손바닥으로 내 허벅지를 토닥여 주었습니다.

주저하던 나는 마침내 리지와의 여로에 대해 들려주었습니다. 나는 내 안에서 걷잡을 수 없이 터져 나온 열정에 놀랐다고 말했으며, 자책하고 두려워하면서도 끝장을 보고 싶었던 그 바닥이 보이지 않는 낯선 세계를 존재의 덫으로 인식했다고 말했습니다.

"하지만 무엇이 저를 그 세계로 끌어넣었는지는 지금도 모르겠습니다. 물론 그 여자가 나를 유혹했다고 쉽게 말해 버릴 수도 있겠지요. 늦은 밤에 자신이 묵고 있는 호텔 방으로 데리고 가서 먼저 팔을 뻗어 내 몸을 만졌으니까요. 하지만 사진을 봐서 아시듯이 그 여자는 모든 남자의 눈길을 사로잡을 만큼 대단한 미인은 아니었습니다. 물론 개성이 뚜렷한 미인이긴 하지요. 그러나 흔히 하는 말로 요염하거나 그런 쪽은 아니었습니다. 침대에서는 대담하고 헌신적이었지만요. 게다가 제가 술이 과했던 것도 아니고, 그 무렵 주체하기 어려운 성욕을 느끼지도 않았습니다. 그렇다면 무엇에 빨려 들었던 것일까요? 그것도 사흘간이나 함께 있을 정도로……."

나는 K 변호사가 건네준 생수를 한 잔 마시고 말을 이었습니다.

"굳이 말하자면 그 여자의 얼굴에 떠올라 있는 그 야릇한 무엇, 얇은 막처럼 얼굴을 감싸고 있는, 손을 대면 금방 사라져 버릴 듯한 그 이상하게 신비로운 분위기 때문이었습니다. 어디가 아픈 듯하고, 그 아픈 것을 인내심으로 지그시 누르고, 그 아픔을 외면하지 않고 당당하게 맞서 있는 듯, 그러면서 그런 자신을 집요하게 바라보고 있는 듯 안으로 응축된 고요한 시선……. 그런 것 때문에 그 낯선 항해가 시작되었다고 말하면 누가 이해해 줄까요?"

나는 잠시 숨을 고른 뒤, 그녀가 고국에 대해서 단 하나의 기억도 가지고 있지 않은 노르웨이 국적의 입양아라는 것과, 우연히 만나서 함께한 나와의 여로에서 큰 위로를 받은 것 같았다는 얘기도 들려주었습니다.

그러는 사이 서쪽 하늘이 붉게 물들었습니다. 여러 층이 겹쳐져 있는 농도가 다른 회색 구름들 사이사이에 색종이를 찢어 낸 것 같은 붉고 푸른 가느다란 띠가 섞여 있었습니다. 우리는 한동안 아무 말 없이 붉은색이 더해 가는 그 하늘을 바라보았습니다.

"솔직하고 아름답고 인간적인 얘기 고맙습니다."
이윽고 K 변호사가 말했습니다.
"제 얘기를 아내에게 하실 건가요?"
내가 묻자 그는 입술을 내밀고 잠시 생각에 잠기더니 나와 눈을 맞추며 대답했습니다.
"그렇게 하는 게 좋다고 생각되면 그렇게 하지요."

“그런데 아내는 저 사진을 어떻게 손에 넣었을까요?”

“나도 그걸 물어봤는데 대답하지 않더군요. 더 묻지는 않았습니다. 따지고 들면 난처해질 테니까요. 그저 짐작되는 대로 생각하면 옳을 겁니다. 세상엔 온갖 일을 하는 자들이 있는데, 그런 꾼들이 한 짓이겠지요.”

“하지만 왜 아내가 그런 자를 내 뒤에 붙였을까요?”

입을 꾹 다문 채, 두 손을 가슴 위에 올리고 목과 어깨를 풀던 K 변호사가 몸짓을 멈추고 나를 바라보았습니다.

“우리 어디 가서 순댓국이나 먹읍시다. 잘 아는 집이 있는데 오늘은 내가 대접할 테니 잠자코 따라 주세요. 괜찮죠?”

내가 좋다고 하자 그는 사이드 브레이크를 내리고 시동을 걸더니 핸들을 왼쪽으로 돌리며 차를 몰기 시작했습니다.

“혹시 무조건 잘못했다고 빌 마음은 없습니까?”

차도로 올라와서 차량의 흐름에 합류했을 때 K 변호사가 물었습니다.

“그렇게 할 수는 있겠죠.”

나는 잠시 생각해 보고 나서 말했습니다.

“그런데요?”

"아내가 진심이라고 믿어 줄 것 같지 않습니다."

K 변호사는 묵묵히 고개를 끄덕이기만 했습니다.

연말은 그렇게 지나갔습니다.

미국 시간으로 해가 바뀌던 순간 아들로부터 전화가 왔습니다. 파티를 하는지 소란스러웠습니다. 새해맞이 카운트다운을 하는 소리가 들려왔고, 아이도 영어로 소리를 질렀습니다. 그리고 새해 복 많이 받으라는 말을 하고는 바로 끊었습니다.

아내한테서는 연락이 없었습니다. 나는 정초에 평년보다 더 많은 친척을 찾아다녔으며, 그다음엔 일부러 건수를 만들어 옛 회사 사람들과 대학 동창들을 차례로 한 명씩 만나고 다녔습니다.

어느 날 K 변호사의 조촐한 사무실을 구경했으며, 막걸리 잔을 나누었습니다.

K 변호사의 사무실은 작은 인쇄소, 법률 사무실, 번역 회사, 광고 전단지 회사 등이 다닥다닥 붙어 있는 좁은 골목의 낡은 건물 2층에 있었습니다. 조그마한 화장실과 세면대가 딸린 작은 공간이었는데, 출입구 쪽 벽에 문학 작품과 철학 서적이 꽂힌 큰 책장이 세 개 있었습니다. 법률 관련 서적들이 반

대편 벽을 온통 차지하고 있었으며, 그 앞에 K 변호사의 투박한 나무 책상이 놓여 있었습니다. 낡은 소파와 다탁이 있었고, 입구에서 가까운 곳에 나무 책상이 하나 더 있었으나 그 자리는 비어 있었습니다. 그는 혼자서 일을 하고 있었습니다.

6

2월 초, 살을 에는 듯한, 이라는 말이 실감날 정도로 추운 날에, 뉴욕으로 떠난 이후 처음으로 아내가 나타났습니다.

어깨 너머까지 내려온 아주 자연스러워 보이는 파마머리에 청바지와 검은색 털스웨터를 입고, 거의 맨얼굴에 가깝게 옅은 화장을 한 아내의 수수한 모습은 변함이 없었습니다. 처음 만난 순간부터 쭉, 내가 아내라는 여자에게 느낀 매력도 바로 그것이었습니다. 아내는 기초화장만 한 얼굴의 자연스러운 빛깔을 좋아했으며, 나도 그런 화장을 선호하는 아내의 소박한 미적 감각을 좋아했습니다.

아내를 보니 반가운 마음과 미안함, 그리고 내가 나를 설명해 낼 수 있을까 하는 초조함으로 혼란스러웠습니다. 어떤 일이 있어도 흥분하지 말고 일단 아내의 분노를 다 받아 주자고 다짐했건만, 내 마음은 금세 무너지고 말았습니다. 어떤 한 가지 사실 때문은 아니었습니다. 그 상황 전체가 견딜 수 없이 불편했습니다.

아내는 늦은 오후에 전화를 해서 P 호텔에 있다고 했습니다. 커피숍을 떠올렸으나 객실이라고 했습니다. 나의 아내를 호텔 객실에서 타인을 만나듯이 만나야 한다는 게 고통스럽고 수치스러웠습니다.

이리저리 불안하게 흩어지는 눈길을 겨우 붙잡아, 서로의 눈과 얼굴과 목과 가슴 혹은 탁자 위에 놓인 손이나 옷 따위, 최소한 완전히 다른 영역으로 떠나지 않고 그 언저리에 머물도록 하기까지, 나는 아내가 도자기 주전자에서 따라 준 커피를 마시며 담배를 한 개비 피웠고 아내는 담배를 두 개비 피웠습니다.

아내는 원래 이따금 담배를 피웠습니다. 담배를 즐긴다고 할 수는 없었습니다. 그러나 지금은 손가락 사이에 담배를 끼우고 있는 조그마한 손의 자태나 입으로 왔다 갔다 하는 동작이 아주 자연스러웠고, 연기를 마시고 뿜어내며 그 맛을 음미하는 얼굴 표정이 퍽 익숙해 보였습니다.

나는 그런 아내가 낯설었습니다. 변함없이 찾아오는 계절처럼 여전한 그 사람이었지만, 나는 갑자기 변덕을 부리는 날씨를 마주한 양 당혹스러웠습니다. 그 사람이 내 손에서 빠져나가 내가 닿을 수 없는 저만큼 떨어진 자리에 서 있다는 이기적인 상실감에 깊은 좌절을 느꼈습니다.

그러나 곧이어 내 머릿속에서, 부부란 서로 소유하는 것인가, 아내가 남편의 손안에 꼭 잡혀 있어야 하는가, 라는 비난성 질문이 비눗방울처럼 팡팡 터지며 마음이 일그러졌습니다. 그리고 급기야는 이 모든 혼란과 고난이 아내가 뉴욕으로 떠나면서 시작되었다고 생각되면서 화가 치밀어 올랐습니다.

커피를 물처럼 꿀꺽꿀꺽 마시는 내 모습을 아내가 보고 있었습니다. 나라는 인간과 그 주변의 이곳저곳을 옮겨 다니는 아내의 눈길이 투명한 강철 철사 같았습니다.
"당신이 꾸민 거야?"
마침내 나는 이렇게 입을 열었고, 아내는 움찔하더니 곧 들쌍하다는 듯이 바라보았습니다.

"왜 대답 안 해?"
"대답할 가치가 없으니까."
"대답할 가치가 없다니?"
"말 그대로야. 한심한 질문이라고 생각하지 않아?"
"나는 왜 내가 몰래 사진을 찍혔는지 알고 싶어. 아니, 알아야겠어."

투명한 강철 빔처럼 똑바로 내 눈을 겨냥하고 있던 아내의 눈길이 허공으로 올라갔습니다.
"그 사진은 뭐야?"
아내는 허공을 향해 한숨을 토해 냈습니다. 그러고는 내가 "어서 대답해 보라니까" 하고 다그치자 그 말이 채 끝나기도 전에 버럭 소리를 질렀습니다.
"그건 당신이 벌인 짓거리잖아. 당신이 잘 알 거 아냐. 뭘 대답하라는 거야?"

아내의 눈에서 불꽃이 튀었습니다. 내 눈에서도 불꽃이 튀었을지 모르겠습니다. 하지만 아내가 섬세하게 관찰할 여유가 있었다면, 그 불꽃의 배경에 어른거리고 있는 수치심을 볼 수 있었을 것입니다. 수치스럽다고 느끼면서도 나는 언성을 높였습니다.

"내 말은 누가 사진을 찍었느냐는 거야. 누구지? 왜지?"

아내의 얼굴에서 무엇인가가 와르르 부서져 내리며 어두운 분노가 그 자리를 차지했습니다.

"당신한테는 지금 그게 중요한 거야?"

아내가 날카롭고 싸늘한 목소리로 말했습니다.

"모든 게 중요하지, 모든 게."

나는 조금 기가 죽어 교과서를 읽듯이 말했습니다. 그러고는 붕괴의 기미를 보이는 마음을 다잡기 위하여 다시 언성을 높였습니다.

"모든 게 증요하다고! 그래서 알아야겠다고!"

울컥 치솟아 오른 격한 감정이 아내의 얼굴에 고스란히 드러났습니다. 아내가 소리쳤습니다.

"알고 싶은 건 나야! 당신이 먼저 대답해 봐!"

"뭘 대답하라는 거야?"

"뭐라니, 당신 바보야? 그 여자의 뭐가 그렇게 좋았어? 열굴, 각선미, 목소리, 가슴, 신음 소리, 질의 감촉?”

　나는 아내의 말을 자르려다가 뚝 입을 다물었습니다. 아내
의 입에서 튀어 나온 질의 감촉이라는 말 때문이었습니다. 그
런 표현을 듣게 될 줄은 꿈에도 몰랐습니다.
　몹시도 충격적이면서 서글펐습니다. 우리가 저급한 수렁으
로 빠져들어 가고 있는 것 같았습니다.

　이건 아니야, 하고 나는 속으로 외쳤습니다. 이건 침묵보다
더 나빠. 나는 먼저 아내를 도발한 나를 비난했습니다. 그러면
서도 나는 그런 무대를 열어 버린 거친 말들의 물결에 휩쓸려
들어가고 말았습니다.

“해부를 하는군.”
나는 냉소적으로 내뱉었습니다.
“해부?”
아내도 냉소적인 눈빛으로 나를 노려보았습니다.
“그런 게 아니라는 걸 알잖아.”
내가 말했습니다.
“알다니, 뭘 알아?”

"당신은 나를 껴안으면서 나를 그렇게 분석했나?"

아내는 역겹다는 듯 콧방귀를 뀌었습니다.

"그래도 뭐가 있을 것 아니야?"

아내가 말했습니다.

"설명할 수 없어. 더구나 이런 분위기에서는."

"웃기고 있네. 이런 분위기가 아니면 세미나실이라도 필요
한 거야? 판사라도 입회해야 되겠어?"

"난 그런 곳엔 안 가."

내 말이 떨어지기 무섭게 아내가 벌컥 화를 냈습니다.

"안 가? 누구 맘대로?"

나는 흥분을 가라앉히기 위하여 크게 숨을 들이마셨습니다.
그런 다음 조용히 말했습니다.

"내 마음이지. 그렇게 하지 않아도 당신이 원하는 걸 다 수
용할 테니 걱정 마."

그건 나의 진심이었습니다. 변호사의 말이 아니라 해도 나
는 법원까지 갈 생각이 없었습니다. 내가 약속을 위반한 만큼
대가를 치를 마음이 되어 있었으며, 어떻게 할 것인가 하는 판
결의 권리는 아내가 가져야 한다고 생각했습니다.

　그러나 나는 내가 걸어 들어갔던 그 기묘한 열광의 세계에
대해서 내가 어떤 책임을 져야 하는지 알 수 없었으며, 그 점
을 아내에게 설명할 기회조차 가질 수 없으리라는 예감에 고
통스러웠습니다.

　아내의 얼굴이 창백해졌습니다. 원하는 것을 모두 수용하겠
다고 한 것이 예상 밖의 말이었던 모양입니다. 나는 한마디 덧
붙였습니다.
　"내가 지금 당장 알고 싶은 건 누가 나를 감시했느냐는 거
야. 누구지 도대체?"
　아내는 한동안 어느 곳인가를 뚫어져라 바라보더니 담배를
물고는 시큰둥한 음성으로 말했습니다.
　"내가 원하는 걸 받아들이겠다니 정말 고맙네. 당연히 그래
야 하는 거지만, 어쨌든 고마워."

　나를 조롱하는 듯한 아내의 태도에 자극을 받은 나는 다시
흥분의 무대 위로 뛰어 올라갔습니다.
　"그러니까 그 얘기를 해보자고. 도대체 왜 나를 감시했지?
언제부터 그랬어? 미국으로 떠나면서 바로 시작했나? 그게
아이를 데리고 미국으로 떠난 목적이었어? 나를 감시하는

게? 그래?"

"그건 이 일의 본질이 아니야!"
아내가 소리를 질렀습니다. 그리고 계단을 하나하나 올라와 내가 서 있는 무대에 합류했습니다.
"그건 본질이 아니라고, 바보야!"
아내가 연이어 소리를 질렀습니다.

"뭐가 본질이 아니라는 거야?"
"바보야!"
"바보라고 하지 마!"
"당신은 기혼자이고 약속을 위반했어. 그것도 아주 난잡하게."
"난잡하게?"
"그래, 난 알 만큼 알아. 속속들이 다 알아."
"뭘 안다는 거지?"
"자기가 무슨 짓을 했는지 잊어버린 거야? 아주 역겹게 놀았잖아. 원래 그런 사람이었어?"

K 변호사가 나에게 보여준 사진들은 골목길에서 바지 속에

손을 넣고 있는 것을 빼면 난잡하다고 할 수 없는 것들이었습니다. 아니, 그것만으로도 난잡하다고 할 수 있는 것일까요?

"무슨 얘기야? 당신이 뭘 안다고 그래?"
"알긴 뭘 알아. 둘이서 아주 포르노를 찍었잖아."

머릿속이 하얘지며 현기증이 일었습니다. 썰물처럼 차올랐다 빠져나갔다 반복하던 혼란의 물결이 다시 밀려왔습니다.
뭔가? 아내의 말은 단순히 불륜을 두고 아내가 생각해 낸 공격적인 표현인가, 아니면 누군가가 발작적인 정사에 몰두했던 호텔 방까지 들여다보았다는 암시인가?
하지만 K 변호사는 내게 보여 준 사진이 증거 자료의 전부라고 했는데, 그렇다면 그가 거짓말을 한 것일까? 아니면 아내가 다른 것들, 아내의 말대로 속속들이 다 알고 있는 것들을 빼고 변호사에게 보여 준 것일까?

어지러워진 나는 버럭 소리를 지르고 말았습니다.
"그러니까 당신은 나를 감시했어, 그렇지? 심심해서 내 사생활을 엿보기로 한 어떤 미친놈이 찍은 사진을 우연히 손에 넣은 건 아니잖아. 그러니까 당신은 나를 믿지 않았단 말이야.

왜 그랬지? 왜 그랬냐고."

　아내는 나를 빤히 바라보더니 갑자기 입을 닫고 대꾸하지
않았습니다. 피의자를 추궁하는 경찰처럼 반복해서 같은 말을
던졌지만 아내는 전혀 대응하지 않았습니다.
　의자에서 일어나 아내의 주위를 맴돌았지만, 아내는 의자에
앉아서 나를 외면한 채 마치 내 말이 끝나기를 기다리는 것처
럼 가만히 있었습니다.

　그러면서 흥분의 무대가 막을 내렸습니다. 독백도 방백도
무한정 끌고 갈 수는 없으니까요. 거친 숨결이 가라앉으며 지
금 바로 잠들어서 사계절 내내 깨지 말았으면 좋겠다는 생각
이 들었습니다.
　그때 아내가 기다리고 있었다는 듯이 내 눈을 똑바로 바라
보며 싸늘하게 말했습니다.

"왜 나한테 매달리지 않아?"
"뭐?"
"매달리지 않을 거면 꺼져."
　아내는 얼굴을 일그러뜨리며 짓씹듯이 말했습니다. 그러고

는 내가 내려온 무대 위로 뛰어 올라갔습니다. 그러나 소리를
지르지는 않았습니다.

"나가."
아내가 싸늘하게 말했습니다.
"오라고 한 건 당신이야."
"이제 나가."
"싫다면?"
"사람을 부르겠어. 여긴 내가 빌린 방이야."
"사람을 비참하게 만드는군."

아내의 두 눈에서 갑자기 눈물이 주르륵 흘러내렸습니다.
그 눈으로 나를 노려보며 말했습니다.
"비참? 그런 말이 나와? 어서 나가. 꺼져, 어서 꺼져."
그런 다음 아내는 벌떡 일어서더니 엉거주춤 서 있는 나를
두 손으로 와락 밀쳤습니다.

나는 예기치 못한 기습에 머릿속이 하얘져서 비틀거리다 엉
덩방아를 찧고 화가 치밀어 벌떡 일어났습니다. 그리고 고함
을 지르려는 찰나 증오로 이글이글 타오르는 아내의 부릅뜬

검은 눈이 내 목구멍을 틀어막았습니다.

아내는 부들부들 떨더니 억눌러 놓았던 공기를 단속적으로
토해 내며 말했습니다.

"매달리지 않을 거면 꺼져. 난 당신한테 그랬어. 영문도 모른
채 외면당하면서도 당신을 끝까지 놓지 않고 매달렸어."

전율로 눈앞이 흐릿해지고 현기증이 나면서 쓰러질 것만 같
았습니다. 매달리지 않을 거라면 꺼지라고 한 아내의 말 뒤에
쳐져 있던 장막이 찢어지면서 내가 거의 잊고 있었다고 말해
도 좋을 까마득히 멀게 느껴지는 풍경 하나가 보였습니다.

나는 아내가 무슨 말을 하는지 감전된 사람처럼 온몸으로
알아차렸습니다. 돌연 사방에 안개가 깔리는 것 같았습니다.
이건 정말 덫이라고 생각되었습니다. 멀고 먼 각자의 궤도를
날아가고 있던 여러 개의 혜성이 한 좌표에서 딱 마주친 것 같
았습니다.

이 모든 시공간을 조망할 수 있는 자가 과연 있을까? 그래
서 붕괴하지 않도록 교통정리를 해줄 수 있는 자가 있을까?

나는 이마에 손을 대고 머리에 피가 돌기를 기다렸다가 아내를 바라보았습니다.

"그때 내가 왜 매달렸는지 알아?"

아내가 슬픈 표정을 지으며 말을 이었습니다.

"나를 믿고 싶어서 그랬어. 나를 믿고 싶어서 그랬어."

아내가 가까이 다가왔습니다. 처음 호텔 객실로 들어섰을 때는 보이지 않았던 먼지 같은 피곤기가 아내의 얼굴에 가득 덮여 있었습니다.

아내가 계속 말했습니다.

"그러니까 당신도 어서 나한테 매달려 봐. 어서, 어서."

아내가 다시 나를 떠밀었습니다. 나는 비틀거리며 뒤로 몇 걸음 물러났습니다. 아내는 다시 다가와서 고함을 지르며 나를 밀쳤습니다. 나는 아내의 말이 잘 들리지 않았습니다.

아내가 문을 열려고 벽에 붙어선 나를 비켜서며 손잡이를 돌리고 있을 때, 나는 아내를 끌어안고 싶었습니다. 그렇게 하면 마녀의 심술에 걸려든 것 같은 이 불쾌한 풍경들이 한순간에 사라져 버리지 않을까, 하고 말입니다. 그러나 나는 무기력하게 복도로 나와야 했습니다.

“이거 가져가!”

문이 닫히려는 순간 아내의 외침이 들려왔습니다. 아내는
벗어 놓은 나의 외투를 내 발치에 집어 던졌습니다.

7

아내와 나는 극장에서의 첫 만남 이후 순수한 사랑의 여로
라고 할 만한 만남을 이어 갔습니다.

우리는 둘 다 계산속이 없는 사람들이었습니다. 아내가 회사
에서 일하는 동안 나는 학과 공부를 마무리하고 취업 준비를
했으며, 그 외의 시간은 무슨 일을 하건 대체로 함께 있었습니
다. 우리는 함께 연극을 보았고, 휴일 날이면 서너 시간을 목
적도 없이 걸어 다녔으며, 나의 자취방에서 서투른 사랑을 나
누었고, 함께 음식을 만들고 빨래를 하고 청소를 했습니다.

나는 그녀와 큰 갈등을 겪어 본 적이 없었으며, 홀로 있을
때 회의에 잠겨 본 적도 없었습니다. 아내의 식구들을 만나기
전까지는, 내가 그런 뜻밖의 폭풍에 휘말리게 될 줄은 상상도

하지 못했습니다.

나는 마지막 학기가 끝나고 졸업식이 있기 전에 교수의 추천으로 취직을 했습니다. 우리는 내가 졸업하고 나면 바로 결혼하기로 했는데, 아내가 회사 생활을 계속하느냐 마느냐로 잠깐 갈등을 겪기는 했습니다.

나는 아내가 자기 일을 계속하기를 원했지만, 아내는 결혼과 함께 회사 생활을 그만두겠다고 했습니다. 하지만 그것은 굳이 갈등이라고 할 만한 것도 아니었습니다. 아내가 내색하지 않고 있었던 마음의 짐에 대해서 충분히 공감할 수 있었으니까요.

아내는 회사 생활에 몹시 지쳐 있었습니다. 이제 더 이상은 견딜 수 없다는 표현까지 했습니다. 그녀는 자신이 할 수 있는 최대한으로 집안에 기여했으며, 이제 집안도 어느 정도 살게 된 만큼 스스로 강요하여 짊어졌던 의무감에서 벗어나고 싶다고 했습니다.

나는 아내에게 진정으로 원하는 일을 찾아보라고 권했지만, 아내는 2년제 대학을 나온 자신에게 그런 일이 주어질 것 같지 않다며 나에게 충실한 사람이 될 수 있게 해달라고 했습니

다. 나는 그녀의 뜻을 받아들였고, 그것으로 그 일은 마무리
되었습니다.

뜻하지 않은 폭풍은 졸업식이 있기 한 달 전에 찾아왔습니다.
나는 아내를 우리 부모님에게 소개하고, 며칠 뒤 그녀의 부
모님을 만났습니다. 우리는 그보다 훨씬 이전에 이미 부모님
께 교제 사실을 알렸으며 얼마 전 결혼을 승낙받은 상태였습
니다. 그러나 실제로 만난 것은 그 무렵이 처음이었습니다.

그날 저녁, 회사를 나선 나는 장난기가 발동하여 탐스러운
꽃다발 하나를 샀습니다. 식구들이 보는 자리에서 꽃을 내밀
며 청혼하면 아내가 당황하고 즐거워하지 않을까 생각했던 것
입니다. 그런데 막상 꽃다발을 사 들고 사람들의 눈길을 끌면
서 예약해 둔 고급 한식당으로 한 발 한 발 다가가려니, 처음
의 장난기는 사라지고 이제 정말 결혼을 하는구나 싶어 진지
해지면서 가슴이 두근거렸습니다.
그리고 곧, 나는 난생처음 경험하는 기묘한 마음의 세계로
빨려 들어갔습니다.

그 식당은 마당이 있는 가정집을 개조한 곳이었습니다. 나는

약속 시간보다 조금 늦게, 겨울 저녁의 이른 회색 어둠이 대지를 덮은 뒤에야 도착했습니다. 대문을 들어선 순간 바로 1층 유리창 너머로 그 여자가 보였습니다. 불을 환하게 밝히고 있는 데다가 커다란 통유리창이었기 때문에, 아내는 물론 동석한 아내의 부모님과 다른 사람들까지 다 볼 수 있었습니다.

한복을 입은 중년 여자가 기분 좋은 표정으로 다가와 안내를 해주겠다고 했습니다. 그녀는 마치 자신이 꽃다발을 받게 된 것처럼 환하게 웃었습니다.

그러나 나는 그럴 필요가 없다면서 환한 불빛 아래에 있는 그들을 가리켰습니다. 그리고 여자가 사라지자 뭔가 즉흥적으로 꾸며 낼 재미있는 일이 없을까, 생각에 잠겼습니다.

통유리창이 방해꾼이었습니다. 창문을 열 수 있게 되어 있으면 살며시 다가가서 꽃다발을 내밀 수 있을 텐데, 유리창 때문에 그럴 수 없었습니다.

머리를 굴리던 나는 뾰족한 수도 떠오르지 않고 또 더 늦으면 곤란할 듯하여 정원수와 석등에 적절히 몸을 숨기면서 마당을 가로질러 갔습니다.

　그때, 유리창에 바짝 다가서서 안에 있는 사람들을 놀라게 한 다음 함박웃음과 함께 꽃다발을 들어 보이면 그럭저럭 재미있겠다 싶었습니다.

　나는 즉시 그쪽으로 방향을 틀었습니다. 그리고 유리창 앞에 있는 정체불명의 돌 조각 뒤에 몸을 숨겼습니다. 그러고는 유리창에 갑자기 내가 나타나면 아내가 깜짝 놀라 몸을 움찔 움츠리다가 나를 알아보고는 기쁘게 웃으며 감격할 거라는 생각에 혼자 흐뭇해했습니다.

　그러나 그 즐거움이 그날 밤 내 마음을 밝혔던 마지막 따뜻한 빛이었습니다. 그다음부터는 차가운 어둠이 나를 집어삼켜 버렸으며, 날이 밝은 뒤에도, 그다음 날에도, 그 후에도 오랫동안 내 마음은 얼음 같았습니다.

　나는 눈에 띄지 않게 재빨리 유리창에 달라붙을 기회를 노리며 심호흡을 했습니다. 그러면서 아내의 식구들을 한 명씩 한 명씩 헤아리듯 바라보았습니다.

　아버지와 어머니를 골고루, 그것도 아주 두드러지게 닮은 아내는, 처음 보는 사람도 금세 가까운 혈육임을 알아볼 수 있을 만큼 오빠와도 언니와도 비슷했습니다. 그들은 아내의 외모를 구성하고 있는 온갖 특징을 다 가지고 있었습니다.

지금은 고인이 된 오빠는 그때 오랜 지병을 앓고 있었습니다. 아내가 특히 많은 연민을 가지고 자주 얘기한 사람이었습니다. 똑똑하고 선량하고 야망이 많은 사람이었지만, 고등학교 때 시작된 간염으로 인생이 끝나 버렸다고 했습니다.

그런데 병색이 완연한 모습의 바로 그가 내가 사랑하는 여자와 가장 많이 닮아 보였습니다.

그때 내 속에 징그러운 벌레가 스멀스멀 일어나는 것 같은 이상한 감각이 생겨났습니다. 그 감각은 모두가 아내와 비슷하게 보이지만 모두가 초라하게만 느껴지는 그들에 대한 불편하기 짝이 없는 기묘한 혐오감이었습니다.

아내의 얼굴에서 아름답게 성장하여 나에게 사랑을 불러일으켰던 그 모든 것이, 그들의 얼굴에서는 발육 부진을 보이며 서글픈 빈곤만을 드러내고 있었습니다. 나로 하여금 기쁨을 느끼게 해준 그 여자의 모든 것이 그들의 얼굴에서는 불편하고 뒤숭숭한 꿈같은 것이었습니다.

터무니없는 감각이라고 생각하면서도 나는 그 감각을 거부

할 수 없었습니다. 그것은 내가 내면에서 한 번도 경험해 보지 못한 이상한 감각이었습니다. 그것은 어떤 단어로 표현해도 모자랄 뿐인 기이한 존재였습니다.

그 감각이 회오리바람을 일으키더니 급기야는 그때까지 내 마음에 견고한 성처럼 세워져 있던 그 여자의 사랑스러운 이미지마저 파먹기 시작했습니다.

나는 나를 가득 채우고 있던 아내를 향한 열정이 급격히 힘을 잃어 가는 것을 지켜보아야 했습니다. 그녀가 이 세상에 단 하나밖에 없는 유일무이한 존재라고 믿었던 나는, 그녀와 너무나 닮은 그녀의 가족들로 인해 나의 믿음이 붕괴해 가는 것을 속수무책으로 지켜봐야만 했습니다.

그녀가 유일무이한 존재이기는커녕 엄청나게 많은 변종 중 하나에 불과하다는 진실 앞에서 나는 허물어지고 있었습니다.

그것은 내 속의 미숙한 소년적인 자아가 붕괴되는 시간이었습니다. 나는 그때까지, 그 여자가 나에게 유일무이한 사람이라는 것은, 그 사람과 나의 유일무이한 관계에서 만들어지는 것이지, 그녀라는 존재 자체에서 그냥 그렇게 되는 게 아니라는 걸 제대로 몰랐던 것입니다.

인간은 누구든 인류의 한 분자일 뿐이기 때문에, 어떤 사람이 나에게 절대적이기를 기대한다는 것은 미성숙한 환상이라는 걸 제대로 몰랐던 것입니다.

그녀와 닮은 그녀의 가족들이야말로, 그녀가 허상이 아니라 진짜 사람임을 증명해 주는 존재들인데도, 나는 그 진실을 제대로 몰랐던 것입니다.

고통스러운 저녁 자리였습니다. 아내를 기쁘게 해주기 위해 머릿속에 그렸던 프러포즈는 접어 버렸습니다. 그들은 나의 등장을 진심으로 환영해 주었지만, 나는 어쩌다가 낯선 사람들의 만찬에 끼어든 것처럼 괴롭기만 했습니다. 아내도 내 편이 아니라 그들과 한편으로 보였습니다.

활달한 성격의 처형과 그녀의 남편이 주로 말을 많이 했습니다. 아내와 나의 결혼에 대한 얘기도, 시장에서 음식 재료 도매상을 하고 있는 그 두 사람이 독차지했습니다. 그들 덕분에 내가 말을 많이 하지 않아도 된다는 것이 다행이었습니다.

병색이 도는 아내의 오빠가 특히 내 마음을 불편하게 했습니다. 그는 음식을 거의 먹지 못했으며, 그 사람에게만 시간이 정지된 듯 가만히 있었습니다. 그 자리에 나오는 것이 무리인데도 나를 보고 싶다며 억지로 나왔다고 처형의 남편이 말했습니다. 나는 고마움을 표했지만, 내심 그 과분한 관심이 불편하기만 했습니다.

그는 가족 모두가 입을 다물고 지켜보는 가운데, 결혼을 축하하며 행복하게 살기를 기도하겠다고 나를 바라보며 말했습니다. 그러고는 만족스러운 듯 나른한 미소를 지었습니다.

나는 술을 과하게 마셨으며, 쓰러지거나 잠들지는 않았지만 내가 기대한 대로 필름이 끊어져 버렸습니다.

그날 이후 나는 그녀로부터 도피하기에 바빴습니다. 나는 나에게 맡겨진 회사의 그다지 비중이 크지 않은 새로운 업무를 핑계로 그녀를 피했습니다. 실제로 회사에 늦게까지 남아서 일을 할 때도 있었지만, 그녀를 만날 시간을 낼 수 없을 정도는 전혀 아니었습니다.

때로 아내가 저녁을 제대로 챙겨 먹고 있느냐고 전화를 하면 퉁명스럽게 대답하고는 바쁘다면서 바로 끊어 버렸습니다. 나의 돌변은 아마도 그녀에게는 영문을 알 수 없는 학대였을 것입니다.

나는 졸업식 날 그녀를 보았습니다. 아내는 조금 야윈 듯했
으며, 얼굴에 무거운 그늘이 져 있었습니다. 그 그늘 때문에
더 성숙된 아름다움이 느껴지기도 했습니다.

나는 마음 깊은 곳에서 그녀의 사랑스러움에 즐거워하면서
도, 겉으로는 마치 그녀가 저지른 큰 실수를 응징하는 것처럼
함부로 대하는 나 자신을 이해할 수 없었습니다.

내가 왜 저 여자를 괴롭히고 있는 것일까?

고통을 감추고 웃는 낯으로 나의 가족들을 챙기는 아내를
보면서, 나는 속으로 묻고 또 물었습니다. 이성은 내가 잘못이
라고 말했지만, 나는 한번 생겨난 그 혐오감의 기이한 고집에
끌려 다니기만 했습니다.

그러던 어느 토요일이었습니다. 회사에서 급한 일을 끝내고
도 일부러 더 시간을 끌다가 저녁까지 먹고 귀갓길에 올랐습
니다. 나는 버스를 내려서 계절이 바뀌고 있는 어수선한 회색
풍경 속을 느릿느릿 걸어갔습니다.

완만한 고개를 넘어가는 소방 도로를 걸어 자취방이 있는
골목으로 꺾어 들려는 찰나였습니다. 저 안쪽, 담 위에 깨진
병 조각이 쭉 꽂혀 있는 그 담벼락에 아내가 등을 기댄 채 자

기 발을 내려다보고 서 있었습니다.

그 사람은 어깨까지 내려오는 단정한 머리에 베이지색 투피스를 입고 빨간 하이힐을 신고 있었습니다.

나는 그런 차림새를 좋아했지만, 그녀는 휴일 날 나를 만날 때는 한사코 그런 옷을 입지 않았습니다. 그녀에게는 단정한 투피스와 하이힐이 강요된 회사 생활의 지긋지긋한 제복이었던 것입니다.

덜커덩, 하고 가슴이 뛰었습니다. 나는 어두워지면 외등에 불이 들어오는 전봇대 뒤로 몸을 숨기고 그녀를 바라보았습니다.

한밤중에 그 뽀얀 외등 불빛 아래에서 키스를 한 일이 떠올랐습니다. 밤이 깊어 그녀를 바래다주려고 집을 나서던 길이었습니다. 문득 스포트라이트처럼 뽀얗게 쏟아지는 불빛 속에서 키스를 하고 싶었습니다.

나는 충동적으로 그녀의 손목을 잡고 불빛 속으로 이끌고는 열정적인 키스를 퍼부었습니다. 그런 다음 재빨리 어둠 속으로 도망쳐서 함께 웃음을 터트렸었습니다.

그때처럼 나는 재빨리 몸을 돌려 포장마차로 가서 술을 마셨습니다. 그리고 골목 입구에 뽀얀 빛의 폭포가 쏟아지고 있을 때에야 소주 냄새를 풍기며 돌아왔습니다. 나는 외등 불빛의 반경을 피해 한쪽 벽에 바짝 붙어 서며 골목 안을 들여다보았습니다.

두 시간이 지났는데도 그 사람은 여전히 그 자리에 서 있었습니다. 처음 보았을 때처럼 병 조각이 꽂힌 담벼락에 등을 기댄 채 자신의 빨간 하이힐을 내려다보고 있었습니다.

나는 가만가만 걸어가서 그녀 앞에 섰습니다. 한참 동안 내 구두를 보고 있던 그녀가 마침내 고개를 들고 나를 바라보았습니다. 빨갛게 언 뺨 위로 눈물 한 방울이 흘러내렸습니다.

얼음처럼 차가운 손을 잡자 그녀는 주먹을 쥐며 빼내려 했습니다. 그러나 곧 고개를 떨구고 가만히 있었습니다. 손바닥을 펴서 어루만지다가 꼭 쥐자 다시 고개를 들고 쳐다보았습니다. 미소를 짓고 있었습니다.

우리는 5월 하순에 부부가 되었습니다.

아무런 문제도 없었습니다. 연애 과정이 그랬듯이 우리는 평균적인 젊은 부부들보다 훨씬 더 잘 어울렸으며, 누가 보아도 즐거운 결혼 생활을 이어 갔습니다.

나는 결혼 초기에 몇 차례 그 일을 떠올렸습니다. 그때마다 나는, 내가 사랑에 빠진 소년에서 제대로 한 여인을 사랑하는 남자로 성장하는 과정이었다고 이해했습니다.

아내 또한 그 일로 우울해하거나 어떤 보복의 낌새도 내보이지 않았습니다. 나는 그런 아내가 고마웠으며, 더욱 성숙된 사랑의 감정을 느꼈습니다.

그랬던 만큼, 비가 내린 그 가을밤, 리지라는 이름의 기묘한 이방인을 만나 격정의 배를 타고 미친 바다를 헤맸던 나에게, 그 일은 죽은 기억이었습니다.

하지만 아내에게는 아니었습니다. 죽은 기억이 아니었습니다. 불륜의 증거를 거머쥐고 나타나, 펄떡펄떡 뛰는 물고기 같은 그 기억을 내 앞에 집어 던졌습니다.

그렇다면 아내가 마음 한편으로는 계속 나를 불신해 왔고, 보복하고 싶어 했던 게 아닐까? 그러면서 그런 자신을 자책하고 미워하기도 했겠지만, 세월이 그렇게 흐른 뒤에도 원한과 의심을 떨치지 못하여 결국 내 뒤에 사람을 붙인 게 아닐까?

나는 괴로워하며 그런 생각을 하지 않을 수 없었습니다.

8

호텔 객실에서 아내를 만나고 나온 후 나는 감정의 롤러코스트를 타느라 잠을 이루지 못했습니다.

나는 모욕적으로 쫓겨났다는 것을 근거로 온갖 조잡한 논리와 상상력을 동원하여 분노의 까마득한 탑으로 기어 올라갔다가 순식간에 곤두박질쳐 혐오와 자책의 차갑고 딱딱한 맨땅으로 떨어져 내리기를 반복했습니다.

사흘째 되던 날 밤에야 술의 힘을 빌려 간신히 잠들었던 나는 괴성을 지르며 추락하기 위하여 또다시 아침부터 레일을 타고 의심과 분노의 까마득한 탑을 기어오르기 시작했습니다.

취기에 몽롱하게 젖은 채 샤워를 하고, 물에 만 식은 밥을 억지로 떠 넣고, 양치질을 하고, 커피를 마시고, 연기를 들이

마실 때마다 아찔한 현기증을 느끼며 담배를 피우는 동안, 터
널처럼 좁아진 나의 시야에는 오직 보복이라는 말만이 보였습
니다.

그 모든 소동이 우연의 산물이라고 해도 그것은 결국 보복
이라는 생각이 들었습니다. 그 복잡하게 얽힌 드라마가 어떻
게 된 것이건, 시야를 아내와 나에게만 좁히면 나는 결과적으
로 멋지게 보복을 당한 것이었습니다.

그렇게 생각하며 나는 웃음을 머금기까지 했습니다.
그러다가 슬며시 그것이 누구의 의도인가 하는 쪽으로 눈길
을 돌리고는 모호한 추리를 이어 가다가 마침내 아닌 척하면
서도 은밀하게 도달하기를 기대했던 수직 레일의 맨 꼭대기에
올랐습니다.

내 시야는 돌돌 만 마분지의 어두운 통로처럼 좁아졌습니
다. 그 좁고 치졸한 눈의 도움으로 나는 확신에 차서 아내를
범인으로 몰았습니다.
나는 아내가 복수하기 위해서 모욕을 참고 결혼했으며, 복
수의 맛을 극대화하기 위하여 몰락한 나를 부활시켰고, 모든

것이 안정된 평탄한 중년으로 들어섰을 때 마침내 뉴욕으로 떠난 것이라고 생각했습니다.

아내는 그렇게 졸지어 나를 기러기로 만듦으로써 내가 불륜의 가능성에 빈집처럼 노출되게 하고는, 내 뒤에 감시견을 붙여 놓고 내가 함정에 걸려들기를 기다렸던 것이라고 생각했습니다.

그리고 참으로 우연히, 나는 물론이거니와 아내로서도 전혀 생각하지 못했을, 나 같은 속된 기러기와는 비교가 되지 않는 원초적인 기러기라고 해야 할, 노르웨이 국적의 한국 출신 입양아 여인과 바람을 피우는 현장을 채집한 것이라고요.

정오가 조금 못 된 시각, 나는 K 변호사에게 전화를 걸었습니다. 아내를 만난 날 그 사실을 알리기 위하여 통화를 하고 두 번째였습니다. 아무 일 없었느냐고 묻자 그는 차분하게 기다려 달라고 대답했습니다.

그 말이 화를 돋우었습니다. 뭔가? 마치 미리 시나리오를 짜놓은 것처럼 아내가 이혼을 원한다는 날벼락 같은 통고를 하고, 그놈의 빌어먹을 증거라는 걸 내놓고, 마침내 아내가 출현하기까지 나는 단지 기다리기만 했다. 그런데 뭘 자꾸 기다리라는 것인가? 나는 내 의지의 사용 권한이 박탈된 사람인가? 도대체 아내가 원하는 게 뭔가? 당신도 아내를 만나 봤으니 이제 알 것 아닌가? 영업상의 비밀인가?

나는 K 변호사가 대꾸할 틈도 주지 않고 마구 몰아붙이고는 수화기를 내던져 버렸습니다. 그러고는 좁은 오피스텔 안을 이리저리 서성거렸습니다. 나는 우리에 갇힌 야수처럼, 이라는 표현과 조금도 다름없는 똑같은 꼴이었습니다.

30분쯤, 어쩌면 한 시간쯤 그렇게 왔다 갔다 하며 두서없는 편협한 공상적 추리에 빠져 있다가 K 변호사를 만나기 위해 집을 나섰습니다.

거리의 겨울 풍경은 변함이 없었습니다. 바람은 잠잠했지만 몹시 추웠습니다. 나는 한 번만 타도 되는 버스를 이용하기 위하여 40여 분 거리에 있는 다른 정류장으로 걸어갔습니다.

한낮인데도 태양의 온기는 초라하게 느껴질 정도로 미미했습니다. 오랫동안 걸었지만 누적된 냉기로 인해 점점 더 떨리기만 할 뿐, 아무리 발걸음을 빨리 놀려도 몸속에서 열기가 솟아날 기미는 보이지 않았습니다.

어느 순간, 갑자기 소름이 돋더니 불쾌하고 무력한 전율이 온몸에 퍼져 나갔습니다. 모든 것이 귀찮아지며 차가운 땅바닥에라도 드러눕고 싶었습니다. 활활 타오르는 장작불이라도 좋으니 가능하기만 하다면 당장 그 속으로 뛰어들고 싶었습니다.

나는 눈에 띄는 대로 길가 1층에 있는 작고 촌스러운 커피숍으로 들어갔습니다.

온기가 수증기처럼 얼굴을 휘감아서 숨이 막힐 것 같았습니다. 나는 오랫동안 잠수하다가 참지 못하고 수면으로 뛰어나온 사람처럼 큰 소리로 한숨을 토해 냈습니다.

어서 오라고 인사를 한 마흔쯤 되어 보이는 여자와 모두 홀로 앉아 있는 다섯 명의 손님이 일제히 나를 쳐다보았습니다.

어디에 앉을까 멈칫대다가 안쪽의 빈자리로 걸어가려는데 내가 들어설 때부터 전화 통화를 하고 있던 오십대 남자가 입구의 창가 자리에서 일어섰습니다. 나는 거기에 앉았고 어쩐지 경험 많은 간호사처럼 보이는 여자가 가져다준 뜨거운 커피를 금세 다 마셔 버렸습니다.

손이 녹고, 발이 녹고, 몸에 온기가 돌면서 얼어붙었던 취기의 찌꺼기가 되살아났습니다. 한 꺼풀 뒤에 차가운 얼음을 달고 있는 것 같은 불쾌한 열기로 얼굴이 달아올랐습니다.

나는 평범한 동네의, 빛깔이 죽어 있는 겨울 거리를 내다보면서 마침내 하강을 준비했습니다. 아무런 지지대도 없는 까마득한 탑 꼭대기에서 계속 머물 수는 없는 노릇이니까요. 그렇게 높이 올라갔으니 마찬가지로 급강하하여 내동댕이쳐져야 하는 것입니다.

나는 괴로워하던 아내의 얼굴을 떠올렸습니다. 그러고는 나를 떨어뜨리기 위해 질문을 던지기 시작했습니다.

아내는 왜 괴로워할까? 복수의 시나리오가 보기 좋게 나를 옭아맸으니 즐거워해야 할 것 아닌가? 그런데 왜 괴로워하는 것일까?

아니, 하지만 복수란 원래 그런 게 아닐까? 자신에게 상처를 준 상대가 그 사실을 고통스럽게 여기도록 하면서 희열을 느끼지만, 동시에 그렇게 해서 자신도 상대와 마찬가지로 누군가에게 상처를 입힌 사람이 되었다는 생각에 괴로울 수밖에 없는 것 아닐까?

그러면서 상대를 증오하지 않을까? 자신에게 복수욕을 품게 한 고통을 주지 않았더라면, 자신이 그런 몰락에 이르지는 않았을 테니까.

따라서 나는 유죄였습니다. 어떤 굴곡의 레일을 달리건 마지막 판결은 똑같았습니다. 나는 바닥으로 떨어져야 했습니다. 추락! 추락! 추락!

나는 커피숍에서 나와 택시를 타고 오피스텔로 돌아왔습니다. K 변호사에게 무례하게 퍼부은 말들이 하나하나 떠오르면서 부끄러워 견딜 수가 없었습니다.

나는 술을 마셨습니다. 빨리 취하여 잠들기 위해서 안주도 없이 뜨거운 물과 함께, K 변호사의 전화를 받은 날 밤, 근처 구멍가게에서 박스로 사다 놓은 싸구려 위스키를 마셨습니다. 나는 금세 몽롱하게 취해서 내가 확대하여 걸어 놓은 아내의 사진을 올려다보았습니다.

아내는 웃고 있었습니다. 서른을 앞둔 어느 가을날의 한 순간이었습니다. 아이를 낳고 두어 달 뒤였지요. 살이 조금 붙은 탓인지 아이를 낳은 경험 때문인지, 충만한 생명감을 느끼게 하는 싱그러움과 인간의 얼굴에서만 볼 수 있는 사유하는 동물 특유의 깊이가 느껴지는 눈이 아름답게 조화를 이루고 있었습니다.

“당신은 성공했어.”

나는 소리 내어 말했습니다.

“당신이 원한 게 아니라고 해도, 당신이 단 한 번도 상상해 본 적 없는 거라고 해도, 당신은 성공한 거야. 내가 이렇게 허물어지고 있으니까 당신은 성공한 거야. 당신에게는 내가 죄인일 테니까, 내가 허물어지면 당신은 성공한 거야.”

나는 바닥에 늘어져 있다가 잠이 들었습니다. 뒤숭숭한 불쾌감에 젖은 채 깨어나니 늦은 오후였습니다. 호텔로 전화를 걸었으나 받지 않았습니다.

어둠이 내리며 술이 깨려고 했습니다. 나는 다시 술을 마셨고 밤 10시까지 세 번 더 전화를 했으나 받지 않았습니다. 술을 더 마시고 케이블 TV의 싸구려 누아르 영화에 빠져 있다가 다시 수화기를 들었습니다. 그러나 이미 자정이 되었음을 깨닫고 내려놓았습니다. 외출했다 돌아와 잠들었을지도 모른다는 생각이 들었기 때문입니다. 그러면서 내가 실천한 그 비참한 예의범절에 대해 차가운 쾌감을 느꼈습니다.

잠이 오지 않았습니다. 아내가 누구를 만나 무슨 일을 하고 있는지 궁금했습니다. 아무도 연락하지 않는 걸 보면 아내가 입국한 걸 알고 있는 집안사람은 없다는 얘기였습니다. 그렇다면 K 변호사를 만났을 것이고, K 변호사를 소개해 준 친구를 만났을 수도 있겠다고 추측하고 상상하며 내 머리를 어지럽혔습니다.

잡념들이 나비 떼 같았습니다. 아내가 전혀 엉뚱한 일을 하고 있는 건 아닐까, 하는 생각에 황당한 질투심을 품기까지 했습니다.

질투는 인간관계의 권리 중에서 가장 씁쓸한 권리입니다.

나는 밤새 잡념에 시달리다가 날이 밝아 올 무렵에야 지쳐서 잠이 들었습니다. 눈부신 햇살에 깨어나니 맨바닥에 이불도 없이 웅크리고 있었습니다.

흐릿한 기억의 흔적 속에서 아내에 대한 엉뚱한 상상으로 머리가 어지러웠던 것이 생각났습니다. 아내를 뉴욕이라는 먼 곳으로 보낸 뒤, 나는 아내가 무슨 엉뚱한 짓을 하지 않을까 하는 상상은 단 한 번도 해보지 않았습니다.

나는 심한 부끄러움을 느꼈으며, 그만 항복하고 싶었습니다.

이해되지 않는 모든 것이 내 탓이라고 선언하고 그만 이 난

해한 격정의 소용돌이에서 백기를 들고 싶었습니다. 외면할 수 없는 진실과 터무니없는 공상과 분노와 이기심이 뒤범벅되어 뜨겁게 타올랐다가 싸늘하게 식기를 반복하는 이 종잡을 수 없는 카오스의 조롱하는 듯한 논리에서 벗어나고 싶었습니다.

심장에 통증을 느끼면서 냉수로 샤워를 하고 나니 9시였습니다.

나는 호텔로 전화를 걸었습니다. 그 객실에 아내가 아직 묵고 있었습니다. 체한 듯 갑갑했던 가슴에 안도의 구멍이 뚫리면서 다시 한 번 심한 부끄러움이 머리를 적셨습니다. 아내의 목소리만 확인하고 전화를 끊을 생각이었으나 그것이 마지막일지도 모른다는 절박한 상실감이 울컥 치밀어 올라 머뭇거리고 말았습니다.

그때까지 자고 있었던 듯 나른한 목소리로 "여보세요?" 하고 반복하던 아내가 갑자기 입을 다물고 기다렸습니다.

"사람 귀찮게 하지 마."

조금 뒤에 아내가 말했습니다.

"결론을 내려야지."

내가 말했습니다.

“무슨 결론?”

잠시 침묵하던 아내가 말했습니다.

“원하는 게 뭔지 말해 줘.”

아내는 오랫동안 아무 말도 하지 않았습니다.

“왜 상어처럼 주위를 뱀도는 거야?”

내가 침묵을 깨자 “상어?” 하며 아내가 비웃더니 목소리를 높였습니다.

“누가 할 소리야? 아침부터 자는 사람 깨워 놓고 무슨 소리야?”

“한꺼번에 해줘, 한꺼번에.”

나는 차분하게 받았습니다. 그런 목소리를 연출한 것이 아니라 내 마음이 발바닥 아래로 가라앉아 있어서였습니다. 아내는 무슨 뜻인지 알아듣지 못한 듯 말이 없었습니다.

“내가 잘못했어. 인정해. 그러니까 결론을 내려 줘.”

아내의 거칠어진 숨소리만이 한참 동안 들려왔습니다.

나는 다시 입을 열었습니다.

“변호사 파견하고, 사진 보여 주고, 당신이 나타나고, 이제 더 이상 시간 끌지 말고 한꺼번에 하자고. 원하는 대로 해줄 테니까.”

길게 뿜어져 나오는 억눌린 숨소리가 들려왔습니다.

“바보 같으니!”

아내가 짓씹듯이 말했습니다. 그 말이 둔중한 종소리처럼 흘러나와서 내 머리를 뒤흔들었습니다.

“당신이 뭘 해준다는 거야?”

아내가 앙칼지게 말했습니다. 목소리가 탁 트인 걸 보니 자리에서 벌떡 일어나 앉으며 외친 것 같았습니다.

이제 내 입이 막혔습니다.

과연 나는 배신감에 치를 떠는 아내에게 무엇을 해줄 수 있을까? 이혼이라고 꼭 집어서는 차마 말할 수 없었습니다. 그러나 아내가 절대적으로 그것을 원한다면 나는 거부할 권리가 없었습니다.

그렇다면 나는 어떻게 해야 할까? 아내의 말대로 눈물 콧물 흘리며 다리라도 잡고 매달릴까? 나를 죽여도 원망하지 않겠다는 연기라도 해야 할까? 내가 무슨 짓을 했건 나는 당신을 사랑하며, 영원히 사랑할 것이라고 부르짖을까?

아내가 나의 허세에 비수를 들이댔습니다.

"당신은 나한테 아무것도 해줄 수 없어!"

아내의 흥분이 고조되었습니다.

"당신은 단지 내가 해주는 걸 받을 수 있을 뿐이야! 알아들어?"

역시, 먼저 약속을 깬 자의 빈곤이 나에게 주어진 배역이었습니다. 내가 할 수 있는 것은 오직 판결을 기다리는 것뿐이었습니다. 하지만 세상의 어떤 범죄자도 변명의 말을 가지고 있는 법입니다. 극악한 연쇄 살인범조차.

"알아들었냐고, 바보야?"

내가 입을 다물고 있자 아내가 말했습니다. 바보라는 말이 화를 돋우었지만 나는 화를 내지 않았습니다.

"알아들었어. 하지만 난 바보는 아니야."

"바보야!"

아내가 즉각 소리쳤습니다.

"당신은 바보야, 바보!"

아내의 외침이 계속되는 동안 나는 이를 악물고 기다렸습니다.

"당신은 당신이 원하는 대로 할 권리가 있어."

이윽고 나는 말했습니다.

"그걸 이제 알았어?"

"그렇게 해."

"기가 막혀서. 무슨 선심이라도 쓰는 것 같네."

"어제 한 말이 괜한 소리가 아니라는 얘기야."

나한테 좋을 게 하나도 없는 이런 말을 또 하는 이유가 뭘까, 하고 생각하면서도 나는 그렇게 말했습니다.

"그래, 당신이 그런 말 해주지 않아도 나는 내 권리를 행사할 거니까 걱정하지 마."

"좋아. 다만 당신도 나한테 한 가지는 해명을 해줘야 해. 왜 내 뒤에 사람을 붙여서 나를 감시한 거야? 왜?"

침묵이 이어지더니 전화가 끊어졌습니다.

9

나는 K 변호사에게 전화를 걸었습니다. 그리고 물과 위스키를 각각 한 컵씩 마시고 그의 사무실로 갔습니다. 그는 석유난로 옆에 의자를 놓고 앉아 책을 읽고 있었습니다. 내가 들어서자 그는 난로 옆에 놓인 다른 의자를 가리켰습니다. 온화하고 부드러운 표정이었지만, 나를 투시하려는 듯한 강한 눈길이 느껴졌습니다.

나는 그가 따라 준 보리차를 한 모금 마시고 흥분해서 거칠게 소리쳤던 것을 사과했습니다. 그리고 다 이해한다는 듯 고개를 끄덕이는 것을 보며 말을 이었습니다.

"아내와 어떤 얘기를 나눴는지는 묻지 않겠습니다. 어쨌든 아내는 영감님의 의뢰인이니까요."

내가 말을 멈추자 그가 계속하라는 손짓을 했습니다. 나는 먼저 결혼 전에 있었던 내 마음의 혼란에 대해서 들려주었습니다. 그리고 희미하게 잊고 있었던 그 일을 아내가 끄집어내서 나를 공격했다는 것을 말했습니다.

"그렇다면 마음속에서는 계속 나를 의심했던 게 아닐까요? 그래서 나를 감시한 게 아닐까요?"

나의 이 말에 K 변호사는 곤혹스러워했습니다. 그도 나처럼 얼굴에 비치는 내면의 빛깔을 잘 숨기지 못하는 사람이었습니다. 그가 말이 없기에 내가 말을 이었습니다.

"그 사람한테 이미 말했습니다만, 아내에게 전해 주세요. 아내가 원하는 대로 하겠습니다."

눈을 감고 손가락으로 이마를 문지르고 있던 그가 눈을 뜨며 말했습니다.

"부인은 아직 공식적인 의뢰인이 아닙니다."

"그렇지만 영감님을 통해서 이혼을 요구하겠다고 예비 통보를 하지 않았습니까? 엄포가 아님을 과시하려고 증거물도 보여주었고요. 그리고 이제 본인이 나타났으니 나도 영감님을 통해서 공식적으로 대답하겠습니다."

　이혼이건 별거건, 또 다른 무엇이건, 나는 아내가 원한다면 언제라도 수용하겠다는 뜻을 밝혔습니다. 이혼이라는 구체적인 단어를 쓴 것이 방어심리에서 나온 일종의 역공이었는지도 모르겠지만, 나는 이제 본격적으로 막을 올린 그 세속적인 감정의 전투를 당장 끝내고 싶었습니다.

　리지와의 항해에 대해 아내의 이해를 구하기란 불가능하다고 판단했습니다. 나도 온전히 이해하지 못하는 것을 아내가 이해해 주기를 바란다는 것은 헛된 망상일 테니까요.
　그건 좀 색다르긴 하지만 결국 부도덕한 외도였을 뿐이라는 것이 세상 모든 사람들의 견해일 테니, 상처가 더 깊어지기 전에 대가를 치르겠다는 것이었습니다.

　나는 내가 수용할 수 있는 구체적인 사항을 시시콜콜 얘기했습니다. 재산에 대해서는 나의 생존을 위한 최소한의 몫을 빼고 모두 아내의 소유를 인정하겠다, 아이의 양육권도 아내가 가진다, 단 나와 아이의 정당하고 합리적인 교류의 권리를 보장한다, 등등.
　"다른 건 아무것도 원하는 게 없습니다."

　나는 술 냄새가 폴폴 뿜어져 나오는 내 입에 식은 보리차를 들이붓고는 말을 이었습니다.

"하지만 정말 알고 싶은 게 하나 있습니다."

　다리를 꼬고, 두 손을 꼰 다리 사이에 끼우고, 시선은 난로로 향한 채 내 말을 듣고 있던 K 변호사가 고개를 들어 나를 쳐다보았습니다.

"아내가 영감님한테 속마음을 얼마나 털어놓았는지 모르겠지만, 내가 진짜 궁금한 건 왜 아내가 내 뒤에 사람을 붙여서 나를 감시했느냐 하는 겁니다. 도대체 왜?"

　나는 K 변호사에게 양해를 구하고 담배를 꺼내 한 대 피워 물었습니다. 그는 내가 담배를 다 피우기를 기다리더니 이윽고 말했습니다.

"L 선생, 이혼은 그야말로 형식적인 결론일 뿐입니다. 내 말은 사람의 인연은 그런 법률적 형식으로 정리되는 게 아니라는 얘깁니다. 문제가 터졌으니 일단 각자가 자신을 이해하는 게 중요해요. 자신의 빛과 그림자 양쪽을 다 이해해야 한다는 거지요. 그래야 상대를 이해할 수 있습니다. 그런 이해를 얻고 나서 이혼해도 늦지 않아요. 이해하는데 왜 이혼을 하느냐고 물을 수 있겠지요. 그건 이런 겁니다. 이해는 하지만 받아들일 수는 없는 겁니다. 하지만 이해를 하면 상대에 대한 증오를 없앨 수 있고, 따라서 상대를 증오하는 데 따른 죄책감에서도 벗어날 수 있습니다. 모든 일에는 시간이 필요한데, 이런 일은 특히 그렇습니다.”

진지하고 엄숙한 표정으로 얘기하던 K 변호사의 얼굴에 살짝 미소가 어렸습니다.
“난 아내와 이혼하는 데 서른다섯 해가 걸렸어요.”
웃을 상황도 마음도 아니었기에 나는 그 말에는 아무런 반응을 보이지 않았습니다.

“옷이 바뀌면 몸이 적응하겠지요. 결국 시간이 해결해 주는 거니까 양쪽 다 마찬가지 아닐까요?”
내가 말하자 K 변호사가 즉각 반박했습니다.
“아니요, 그렇지 않습니다, 전혀. 이해가 있는 것과 없는 것은 천지 차이입니다. 상대에 대한 이해 없이 품게 되는 증오는 시간이 아무리 흘러도, 아니 평생이 가도 해결되지 않습니다.”

K 변호사는 보리차를 한 모금 마시고 나서 다시 말했습니다.

"현실적으로 봐도 선생이 먼저 나서서 이혼하자고 얘기하는 건 아무런 도움이 되지 않아요."

"외도를 한 놈이 큰소리치는 격이라는 말씀이군요. 그런데 아내는 왜 저를 감시했을까요?"

"바로 그런 것들을 이해하기 위한 시간이 필요하다는 얘기입니다."

K 변호사는 갑갑하고 안타깝다는 듯 그렇게 말하고는 잠시 주저하는 듯하더니, 자신의 잠재 고객에 대한 얘기를 슬쩍 들려주었습니다.

"내가 보기에 부인은 아직 마음을 결정하지 못한 듯합니다."

나는 그 말을 깊이 생각해 보지도 않고 반사적으로 말했습니다.

"그럼 결정에 도움이 되도록 제 얘기를 전해 주세요."

그러고는 생각 없이 촐랑댄 것에 부끄러움을 느끼며 새로 담배를 붙여 물고 그 연기로 얼굴을 가렸습니다.

담배를 다 태운 뒤에 내가 말했습니다.

"저는 아내가 상어처럼 제 주위를 맴돌고 있다는 느낌을 버릴 수가 없습니다. 아내의 마음이 무엇이건 나는 그렇게 느끼고 있습니다. 지금까지 전개되어 온 게 그러니까요. 처음엔 영감님이 전화를 해서 벼락을 쳤고, 그다음엔 전령사처럼 모습을 드러냈지요. 그런 다음엔 그놈의 증거라는 것을 들고 왔고, 드디어 본인이 나타났습니다. 그리고 내가 까맣게 잊고 있었던 결혼 전의 일까지 들추어냈습니다. 이다음엔 막간극으로 영감님을 아내에게 소개해 준 아내의 친구가 찾아와서 왜 그랬느냐고 나를 비난할 수도 있겠지요. 그러고는 다시 본론으로 들어가서 처가 사람들이 하나씩 나타나고, 본가의 부모님 누님 형님 형수 매부 조카들까지 출연한 다음, 마침내 아들애가 등장하여 '아빠 미워!'라고 외치며 마지막을 장식하는 겁니다. 그리고 불륜 연속극 같은 대하 복수극을 완성하는 도장이 찍히면서 작품이 종료되는 거지요. 저는 아내의 이런 시나리오에는 응할 수 없습니다. 항복할 테니 지금 당장 끝내자는 겁니다."

콧등 아래에 걸린 안경 너머로 나를 바라보고 있던 K 변호사가 물었습니다.

"왜 부인께서 선생께 복수하려고 한다고 생각하시죠?"

"그렇게 생각되니까요."

“고작 단 한 번 만났을 뿐이지 않습니까?”

“만나서 짐승처럼 퍼부어 대기만 했지요. 우리가 만나면 두 사람이 만나는 게 아니라 네 존재가 만나게 됩니다. 각자의 속에 있는 아주 거친 짐승들까지.”

K 변호사는 잠시 나를 바라보고 나서 말했습니다.

“선생을 처음 만났을 때 나는 무척 감동받았습니다. 변호사로 살아오면서 그런 식의 첫 만남은 처음이었지요. 이건 진심이니 노인의 감상으로 생각하진 마세요. 그렇다면 무엇이 감동적이었느냐? 요컨대, 일생일대의 심각한 일을 앞에 두고 그렇게 솔직하면서도 여유 있게 그 일을 받아들이는 게 감동적이었다는 얘깁니다. 무슨 뜻인지 아시겠죠?”

“하지만 그건 허세였습니다.”

K 변호사는 빙그레 미소를 지었습니다.

“그렇게 자꾸 자신을 비난하지 마세요. 설령 허세적인 면이 있었는지도 모르지만, 그런 허세라면 칭찬 받을 만하니까요.”

“그럼 칭찬해 주십시오.”

내가 농담조로 받자 K 변호사의 얼굴이 활짝 펴지며 목소리를 높였습니다.

“바로 이거예요. 이렇게 가끔 웃기도 하고 장난도 치면서 얘기해야 하는 겁니다.”

그러나 내 마음은 K 변호사의 말이 끝나기도 전에 굳어 버렸습니다. 나는 어쩐지 불쾌해졌으며, 그런 마음을 숨기고 싶지도 않았습니다.

“그런데요?”

내가 심드렁하게 말하자 내 얼굴에서 그려지는 변화무쌍한 감정의 지도를 살피고 있던 K 변호사가 말했습니다.

“이렇게 취한 모습은 좋지 않습니다.”

“실망시켜 드려서 죄송하군요. 불륜을 저지르고 이혼당하기 일보직전에 있는 사내 주제에.”

내가 비아냥거리자 그는 이미 부드러운 표정을 한껏 이완시켜서 자신이 나를 공격하고 있는 게 아님을 드러내려고 애썼습니다.

“괴로울 거라는 건 알고도 남습니다만 이럴 때일수록 냉정하게 감정을 단속해야 합니다.”

나는 피곤을 느끼며 말했습니다.

“감정이 단속할 수 있는 거라면 이런 지경에 이르지도 않았겠지요. 지난 며칠 동안만 해도 저는 감정의 오대양을 백 바퀴쯤 떠돌아다닌 것 같습니다. 저 자신이 낯설게 느껴질 정도로요. 영감님은 감정을 손아귀에 틀어쥐고 계신가 보지요?”

K 변호사는 허허 하고 작은 소리를 내며 웃었습니다. 그러고는 머리를 가로젓더니 다시 나를 똑바로 바라보았습니다.

“그런 감정이라면 죽은 것이지요. 설령 손아귀에 쥐고 있다고 한들 영원히 그럴 수야 있겠어요? 그걸 계속 꽉 쥐고 있으면 다른 일을 할 수가 없을 텐데요. 안 그래요?”

한동안 침묵이 이어졌습니다. 적막하고 몽롱한 것이 현실 같지 않았습니다.

“지난번에 만났을 때 말했다시피 난 10년 전에 이혼한 사람입니다.”

다시 K 변호사의 말이 이어졌습니다.

“그때 이 얘기는 하지 않았지만, 젊은 시절 오랫동안 사랑해 오던 여자를 버렸어요. 그것도 순전히 출세하겠다는 추한 계산에서. 놀랍죠? 그러니까 나는 두 여자에게 죄를 범했던 겁니다. 한 번은 사랑하는 여자를 물건처럼 버렸고, 한 번은 사랑하지도 않는 여자를 물건인 양 취했으니까요. 결국 이렇게 혼자 남았죠."

　그건 뜻밖의 사연이었습니다. 모두가 하나씩 아픔을 간직하고 있구나, 하는 생각에 해일 같은 감상의 물결이 들이닥쳤습니다.

　K 변호사는 쓸쓸한 회한을 털어 내려는 듯 입가의 주름이 더 움푹해지게 두 입술을 바짝 맞물더니 희미하게 웃으며 말을 이었습니다.

　"요컨대 나도 감정의 문제에는 한가락 했던 사람이라는 말입니다. 부인과 감정싸움을 벌이지 마세요. 상처만 더 깊어집니다. 감정은 우리 몸속의 난로 같은 것이에요. 훈훈한 온기를 주고 때로 기분 좋은 뜨거움을 맛보게 해주기도 하지요. 하지만 도를 넘어서면 화상을 입히고 옷을 태우고 급기야는 화재를 내서 모든 것을 잿더미로 만들어 버립니다. 사랑하는 여자를 버리고 현실을 택했을 때, 나는 철저히 내 감정을 죽이고 있다고 생각했어요. 하지만 알고 보니 죽인 게 아니라 내가 감당할 수 없는 수준으로 활활 태운 것이더군요. 그래서 모든 것이 잿더미로 변하고 있다는 것을 몰랐지요."

K 변호사는 손목시계를 들여다보았습니다. 그러고는 생각보다 시간이 많이 흘렀다고 느꼈는지 함께 점심을 먹자고 했습니다. 내가 별생각 없이 동의하자 그는 빼놓았던 전화기를 연결하여 순댓국밥 두 개를 시켰습니다.

"걸려 오는 전화가 거의 없어서 그냥 둬도 상관없지만."

그는 다시 전화선을 뽑아 버렸습니다.

"오후 3시부터 사람들이 올 겁니다. 그렇게 정해 놓았어요. 오전은 내 시간이지요. 점심 뒤에 한 시간 취침하고 3시부터 법률 상담을 합니다. 말 그대로 생활고와 격앙된 감정에 지친 사람들의 소소한 상담이고 법정에 서는 경우는 없습니다. 나도 그 무대에 서고 싶지 않고요. 그리고……."

K 변호사의 얘기는 계속되었고, 느릿느릿 이어지는 긴 얘기에 내 몸이 리듬을 타면서 졸음이 몰려왔습니다. 깜박 의식이 끊어졌다가 정신을 차리니 그는 이런 말을 하고 있었습니다.

"…… 동일한 사안을 두고 검사와 변호사가, 혹은 변호사와 변호사가 때로는 전혀 상반된 주장을 합니다. 희한한 풍경이지요. 그 논리의 함정에 휘말려서 사람들은 아주 조그만 이해를 얻는 대신 회복할 수 없게 증오를 키우는 겁니다……"

그의 말은 계속되었습니다.

"L 선생, 내 말은 결론이 중요한 게 아니라, 이해가 중요하다는 얘기입니다. 선생 부인께도 나는 이 점을 강조했습니다. 그리고……."

오십대 아줌마가 순댓국밥 두 그릇을 가져왔을 때 나는 다시 정신을 차렸습니다. 두 사람은 친한 사이인 듯, 아무리 봐도 새해가 되더니 더 젊어졌다며 농담을 주고받았습니다.

국물을 몇 숟갈 떠먹으니 몸이 철갑을 걸친 것처럼 무겁게 늘어졌습니다. 며칠간 술 외에는 거의 아무것도 먹지 않았다는 게 생각났습니다. 국물이 들어가니 오히려 독이라도 먹은 것처럼 불쾌하게 몽롱했습니다. 참을 수 없는 졸음이 몰려왔습니다. 그때 환청처럼 K 변호사의 목소리가 들려왔습니다.

"부인께서 왜 선생을 감시했는지 만족스럽게 해명되지 않으면 어떻게 할 겁니까?"

"글쎄요, 법적인 책임을 물을까요?"

나는 이렇게 말했다고 다음 날 기억했습니다.

어느 순간 그는 이런 말도 했습니다.

"두 분께서 나를 충분히 이용하세요. 부인께도 그렇게 얘기했습니다."

그 말이 무슨 뜻인지 다 이해되지는 않았습니다. 다만 자신을 아내와 나 사이의 완충적인 의사소통 장치로 적극 활용하라는 게 아닐까 싶었습니다.

나는 깜박 졸다가 깨어나 소파에서 한잠 자라는 그의 말에 바로 드러누웠다가 몇십 초 뒤에 벌떡 일어났습니다. 몇 시간 뒤에 깨어나면 수치스러워 견딜 수 없을 것 같아서였습니다. 나는 양해를 구하고 그의 부축을 받으며 계단을 내려와 택시에 올랐습니다.

시끄러운 소리에 정신을 차리고 보니 택시는 오피스텔 앞에 도착해 있었고, 젊은 택시 기사가 일어나라고 소리를 지르고 있었습니다. 정신이 온전히 든 순간 내가 깨어난 줄 모르고 재수 없는 인간이라고 욕하는 소리가 들려왔습니다.

어떻게 할까 잠자코 있던 나는 문득 시계를 보았습니다. 시간이 많이 지난 것도 아니었습니다. 나는 거울 속의 그를 노려보았습니다. 뒤늦게 자신을 노려보는 나를 발견한 기사의 얼굴이 새파랗게 질리듯 얼어붙는 게 보였습니다.

　나는 그에게 사과하지 않으면 죽여 버리겠다고 위협적으로 말했습니다. 그러자 얼어붙어 있던 그의 얼굴이 비굴하게 희화적으로 뒤틀리면서 죄송하다고 말했습니다.

　나는 돈을 내고 택시를 내려 내 방으로 올라와 욕실로 들어갔습니다. 거울 속에는 내가 보기에도 엄청나게 무섭고 혐오스럽고 험악한 인상의 아저씨가 있었습니다.

10

설을 앞두고 극심한 한파가 전국을 강타했습니다. 나는 오 피스텔에 처박혀 꼼짝도 하지 않았습니다. 밤이건 낮이건 배 고프면 먹고 자고 싶으면 자는 생활을 이어 갔습니다.

그러면서 불안한 평정을 조금씩 되찾았고, 리지와의 열광만 큼이나 미친 것 같았던 격분과 죄책감의 롤러코스트에서 빠져 나올 수 있었습니다. 종착역에 다다른 느낌이었기 때문에 거 기서 내리려고 힘들게 애쓸 필요도 없었습니다.

그러자 내 속에 살고 있는, 내가 미처 몰랐던 내 얼굴들을 모두 다 보았다는 공허한 만족감만이 남았습니다. 그것은 에 너지가 소진된 뒤의 노곤한 평화 같은 것이었습니다.

바로 그런 때를 기다렸다는 듯이 아내에게서 전화가 왔습니다. 그리고 한 시간 뒤에 큰 여행용 가방을 끌고 오피스텔로 찾아왔습니다.

청바지에 두꺼운 외투를 걸치고, 털목도리에 푸른색 벙거지를 쓰고 하얀 마스크까지 착용하고 있었습니다. 처녀 시절부터 있었던 눈 아래 광대뼈 쪽의 더 짙어진 듯한 주는깨가 눈에 띄었습니다.

아내는 자신이 끌고 온 가방 위에 외투와 목도리와 마스크를 차례로 놓고는 커피를 달라고 했습니다. 커피를 준비하는 동안 내 머리는 자동적으로 아내가 가방을 끌고 온 이유를 추리하고 있었습니다.

아내는 소파에 앉지 않고 엉거주춤 선 채로 가벼운 기침을 하면서 내가 확대하여 걸어 놓은 젊은 날의 자신을 바라보고 있었습니다. 나는 내가 알고 있는 아내의 취향대로 탄 커피를 아내에게 주고, 나는 내 취향대로 탄 커피를 들고 어색하게 아내 근처에 섰습니다.

"내가 하고 싶은 말은 변호사한테 다 했어."

나는 내 커피 잔을 만지며 말했습니다. 대꾸가 없어서 보니 아내도 자기 커피 잔을 만지고 있었습니다.

내가 다시 말했습니다.

"그 영감님한테 다 들었으리라고 봐. 당신은 그럴 권리가 있어. 그러니까 원하는 걸 얘기해 줘."

아내는 커피를 홀짝 소리가 나게 한 모금 마시고는 연민이 담긴 눈길로 나를 빤히 바라보았습니다. 그러고는 창으로 눈길을 돌리며 말했습니다.

"방귀 뀐 사람이 성낸다더니……."

분노도 체념도 아니고, 그저 피곤하고 귀찮다는 듯한 노곤한 태도였습니다.

나는 아내의 그 말을 반박할 수 없었습니다. 나는 내가 그렇게 보일 수도 있을 거라고 진심으로 인정했습니다. 어쩌면 미처 나도 모르는 사이에, 진심으로 사죄하는 마음에서가 아니라, 아내가 가혹하게 나를 공격하기 전에 내 쪽에서 먼저 결정적인 패를 던지듯이 백기를 들어 버림으로써 야비하게 저항하고 있는지도 모른다고 생각했습니다.

나는 전화로 했던 말을 되풀이했습니다. 그러나 그때처럼 발악하듯이 떠들지는 않았습니다.

"이미 말했듯이 속히 끝내 줘. 일일 연속극처럼 이어 갈 필요는 없지 않겠어? 변호사한테 말한 것처럼 당신이 하자는 대로 하겠어. 당신은 그럴 자격이 있어. 권리가 있다고. 그러니까 시간 끌지 말고……."

중얼거리는 나를 보고 있던 아내가 갑자기 내 뺨을 때렸습니다. 힘이 들어가 있지 않은 손길이었습니다. 마치 몽유 상태에서 치는 시늉만 낸 것 같았습니다.

아내의 커피 잔에서도 나의 커피 잔에서도 커피가 튀어서 바닥으로 떨어졌습니다. 나는 아내를 소파에 앉게 하고 걸레를 가져와서 천천히 바닥을 닦았습니다.

그러면서 한꺼번에 정리해 달라고, 마치 항복을 선언하듯이 말한 것이, 실은 지독한 이기심의 발로인지도 모른다는 생각을 곱씹었습니다. 아내가 받았을 충격이 한꺼번에 즉시 해결될 수 있는 게 결코 아닐 테니, 그것은 형평성에도 맞지 않는 요구가 아닌가, 하고 말입니다.

하지만 공정한 속죄가 되려면 아내가 나의 배신에서 받은 충격을 내가 맛보아야 할 텐데, 그게 어떻게 가능할지 의문스럽기도 했습니다.

과연, 그런 벌이 가능할까? 아내가 어떤 남자에게 홀린 듯이 빨려 들어 격정의 춤을 추는 것을 보면 내가 아내와 동등한 자리에 서게 되는 것일까?

하지만 그러고 나면 그다음에 우리는 어떤 관계가 되는 것일까? 똑같이 존재의 이상한 구덩이를 경험한 자로서, 똑같이 서로를 배신한 자로서, 언제라도 상대에게 의심과 혐오와 증오의 불길을 퍼부어 줄 준비가 되어 있는 음울한 어둠의 부부가 되는 것일까?

책상 앞의 의자에 앉자 아내가 말했습니다.

"얘기 좀 해."

"해봐."

"그 여자의 뭐가 그렇게 좋았어?"

차분하게 가라앉아 있던 나는 순식간에 발끈 흥분하고 말았습니다.

"또 그 얘기야?"

나는 속에서 치솟아 오르는 혐오스러운 열기를 짓누르며 부르르 소리가 나게 숨을 내뱉었습니다.

호텔 객실에서 히스테리를 부리며 아내가 외쳤던 말들이 떠오르며 뒷목이 팽팽하게 땅겼습니다.

얼굴, 각선미, 목소리, 가슴, 신음 소리, 질의 감촉?

따로따로 떼어 놓은 그것들을 나는 이미 기억하고 있지도 않았습니다. 나를 슬픔과 경악에 빠지게 한 질의 감촉이라는 말도, 남성의 몸을 받아들이는 여성의 몸이라는 일반적인 감각만 상기시킬 뿐이었습니다.

"소리치지 마, 나도 화낼 수 있어. 소리칠 수 있고."

아내가 말했습니다.

나는 담배 한 개비를 뽑았습니다.

"난 단지 알고 싶어. 그러니 어서 얘기해 줘."

아내가 다시 말했습니다. 그러면서 자신에게도 담배를 달라고 했습니다. 나는 아내에게 담배를 주고 불을 붙여 준 다음 입을 열었습니다.

"설명하기 어려워."

내 목소리가 떨렸습니다.

"왜?"

"나도 이해가 잘 안 되는 부분이 많으니까."

“무슨 말이야?”

“K 변호사한테도 그 얘기 했어. 내가 한 얘기는 모두 진실이야. 속이거나 과장하거나 어떤 방향으로 유도하기 위해 얘기한 건 아무것도 없어. 변호사한테 못 들었다면 해달라고 얘기해. 그게 전부야. 나도 뭐라고 말해야 할지 모르겠어.”

아내는 길게 연기를 뿜어내더니 기침을 하고는 커피를 한 모금 마셨습니다.

“변호사한테 듣긴 했지만 당신한테 직접 듣고 싶어.”

나는 다시 발끈했습니다.

“뭘 원하는 거야? 그 여자하고 어떻게 했는지 시시콜콜 듣고 싶다는 거야? 그런 얘기는 당신한테나 나한테나 고문이 될 뿐이야. 자학이라고.”

“부탁이야. 얘기해 줘.”

아내는 집요했습니다. 나를 괴롭히려고 이러는 것이라는 반발심이 일었지만, 이제는 나도 속 시원히 말해 주고 싶었습니다.

그러나 K 변호사에게 말했듯이 나는 무엇이 나를 그 세계로 끌어넣었는지 정확히 알 수 없었습니다. 참을성 없는 동물적 욕정의 분출이었다는 말은 나 자신이 용납할 수 없었습니다.

아내와 아들애를 미국으로 보내고 혼자 살고 있는 어리벙벙한 중년 기러기가 있고, 어느 날 갑자기 그 성실한 남자를 혼란에 빠뜨리는 퇴폐적이고 문란한 낯선 여자가 등장하는 그런 가짜 이야기. 외도를 한 기러기 남편을 일종의 희생자로 만들어 주는 그런 이야기는, 설령 아내가 원한다고 하더라도 제공해 줄 수 없었습니다. 왜냐하면 그건 진실이 아니니까요.

나는 K 변호사에게 했던 얘기를 다시 늘어놓았습니다. 그 여자는 한눈에 남자를 빨아들이는 요염한 사람이 아니었다고, 그녀와 내가 취해 있었던 것도 아니었으며, 그 무렵 내가 주체하기 어려운 욕정 때문에 고통을 받고 있지도 않았다고요. 그렇지만 그 여자의 두드러지지 않은 은근한 유혹과 내 속에서 불안하게 호응한 미풍이 순식간에 태풍으로 자라나서 이성을 잃었다고, 나는 아내가 내용은 짐작할 수 있지만 감각적인 세부는 흐릿하게 느끼도록 비유를 섞어 가며 말했습니다.

그리고 핵심이라고 할 수 있는, 리지를 처음 본 순간부터 이상하게도 나를 사로잡았던 그 야릇한 느낌, 얇은 막처럼 그 여자의 얼굴을 감싸고 있던, 손을 대면 금방 사라져 버릴 듯한, 이상하게 사람을 끌어당기는 신비로운 분위기, 실제로 몹시 아프거나 실존의 깊은 고통이라고 해도 좋을 통증을 느끼면서 그 고통을 외면하지 않고 당당하고 집요하게 바라보는 듯했던 깊은 눈길에 대해 들려주었습니다.

"얘기해 줘서 고마워."

한참 뒤에 아내가 말했습니다. 지나친 차분함과 예의가 그녀와 나의 먼 거리를 보여 주는 듯하여 마음이 아팠습니다.

그렇게 느끼면서 의심도 품었습니다. 아내는 도대체 무슨 생각을 하고 있는 것일까? 나를 안심시켜 놓고 결정타를 날리려고 단계를 밟고 있는 건 아닐까?

아내가 원하는 대로 따르겠다고 백기를 들었으면서도 나는 그런 모순된 질문을 하고 있었습니다.

나는 내 속에 또 돌풍이 몰아치지 않을까 경계하면서 아내에게 말했습니다.

"이제 내가 좀 묻자. 괜찮지?"

아내는 고개를 끄덕였습니다.

"그 사진은 누가 찍은 거지?"

아내는 눈길을 피하며 가만히 있더니 얼굴에 혐오감을 띠고는 말했습니다.

"그런 일로 돈 벌어먹는 개가 찍었지."

나는 나를 놀리듯이 살랑살랑 물결을 치기 시작한 거친 감정을 죽이기 위하여 한참 동안 창밖의 허공을 쳐다보다가 방의 어느 곳인가를 멍하니 보고 있는 아내에게로 돌아왔습니다.

"그러니까 당신이 그 개를 고용했을 거 아니야. 나를 감시하라고. 그렇지? 난 당신이 왜 그랬는지 정말 궁금해."
"당신을 믿고 싶었으니까."
아내는 대수롭지 않게 툭 던지듯이 말했습니다.
"나를 의심했다는 걸 그렇게 말하는군."
"그래, 의심했어. 그런데 의심할 만하지 않았어?"

아내가 고개를 돌려 나를 바라보았습니다.
"그건 결과적으로 그렇게 된 거지."
내가 말했습니다.
"그럼 내가 당신을 감시해서 당신이 바람을 피웠단 말이야?"
"어쨌든 나를 의심해서 내 뒤에 개를 붙였잖아."
순간, 욕설을 퍼부을 듯이 아내의 얼굴이 경직되면서 까만 눈동자에 노기가 타올랐습니다. 그러나 아내는 눈길을 돌리고 심호흡으로 마음을 가라앉히더니 조용히 말했습니다.

"난 당신을 믿고 싶었어. 정말 믿고 싶었어."

"이해할 수 없어. 믿고 싶어서 의심을 하고 사람을 시켜서 감시하다니."

"당신도 왜 그 여자와 놀아났는지 제대로 설명하지 못하잖아."

아내가 나를 쳐다보았습니다. 내가 눈길을 피하자 아내가 말을 이었습니다.

"난 당신을 믿고 싶었어. 이건 진심이야."

"내 뒤에 개를 붙인 것도 당신의 진심이지."

아내는 한동안 말이 없었습니다. 표정이 변하지도 않았고 나를 쳐다보지도 않았습니다. 이윽고 아내가 말했습니다.

"당신 말이 맞아. 그것도 내 진심이었어. 당신을 믿지 못했어."

아내가 내 눈을 찾아 맞췄습니다.

"그래서 그걸 문제 삼고 싶어?"

어떻게 대답할까 말을 찾고 있는데, 아내가 일어서더니 여행 가방 위에 벗어 놓았던 것들을 걸치기 시작했습니다.

"어디 가는 거야?"

나도 모르게 그런 말이 튀어나왔습니다.

한집에 살고 있는 사람이라면 누구나, 부부라면 더더욱 당연한 그 말이 마치 엉뚱한 상황에서 내뱉은 말처럼 묘한 반향을 불러일으켰습니다. 말을 한 나는 물론이고 그 말을 들은 아내도 색다른 말을 들은 것처럼 새삼 그 말뜻이라도 생각하는 듯한 얼굴로 멈칫했습니다.

아내는 외투의 단추를 채우면서 오후에 처형 내외와 아들애가 입국한다고 말했습니다. 먼저 미국을 떠난 자신은 일본에서 미술 전시회를 보고 어젯밤에 입국하는 것으로 얘기가 되어 있다고 덧붙였습니다. 사람들에게 우리 사이의 문제가 알려지지 않게 시나리오를 짰다는 얘기였습니다.

그렇다면 가정을 깨지 않겠다는 얘긴가? 그렇게 해석해도 되는 것인가? 하지만 깨더라도 그건 나중 문제이니 지금은 모든 것이 정상임을 보여 주고 싶다는 것인가?

"이제 어떻게 할 거야?"

내가 묻자 아내가 가만히 쳐다보았습니다. 그러고는 목도리를 두르고 마스크까지 착용한 뒤에야 입을 열었습니다.

"내가 원하는 대로 하겠다면서?"

"그래, 그게 뭐냐고?"

"당신은 기다려야 해."

"기다리라니?"

"말 그대로야. 내가 하는 대로 기다리라고."

아내의 눈길은 나를 뚫고 지나가 버릴 듯이 강렬했습니다.

"당신도 옷 입어."

공항으로 가는 버스에서 아내는 곧바로 눈을 감고 잠을 청했습니다. 잠이 든 것인지 자고 싶어 하는지 알 수 없었지만, 감은 눈을 좀처럼 뜨지 않았습니다. 다리와 어깨가 닿아 있었지만, 두꺼운 겨울옷 때문에 몸을 느낄 수는 없었습니다.

공항에 거의 다다랐을 때 청바지 위에 놓인 작은 손에 내 손을 올려놓았습니다. 차가웠습니다. 아내는 가만히 있더니 슬그머니 빼냈습니다. 그리고 눈을 감은 채 말했습니다.

"이러지 마."

1년 하고 한 달 만에 보는 아이는 매달 주고받은 편지로 전해 들었던 대로 몰라보게 커 있었습니다. 나는 아이의 밝은 얼굴을 보며 안도하면서도 한편으로는 쓸쓸하고 비관적인 피로를 느꼈습니다.

어느 날 이 아이가 자신의 기러기 아빠가 겪은 저 사흘간의 낯선 여로에 대해 듣게 된다면, 그때부터 아이가 겪을 여로야말로 얼마나 낯설 것인가…….

아이와 힘찬 포옹을 하고, 마치 수학여행을 떠나기 전날의 어린아이처럼 언제나 쾌활해 보이는 처형 내외와 그들의 두 아이를 차례로 껴안으면서, 떠들썩하고 즐거운 활기 속에 나는 내가 상하좌우로 끝없이 엮여 있는 지극히 세속적인 그물에 갇힌 한 중년의 사내라는 것을 절감했습니다.

아내가 뉴욕으로 떠나고, 꿀벌들처럼 오로지 꿀을 모으기 위해 맴돌았던 정해진 회로로부터 벗어나면서, 이제는 내 일상의 한부분이 되어 있던 내면의 깊은 심연과 내가 아는 먼 우주가 마치 별들이 떨어지듯이 붕괴하여 사라져 버리는 듯했습니다.

아이들에게 가장 한국적인 것을 보여 줘야 한다는 처형 내외의 구호 때문에, 우리는 찬바람에 낡은 문들이 삐걱대는 남대문 시장에서 곰탕으로 저녁을 먹은 뒤, 남산에 올라가서 서울

의 야경을 내려다본 다음 음식을 잔뜩 차려 놓고 기다리는 처
가로 가서 다시 먹고 마시고 떠들면서 밤늦게까지 놀았습니다.

어색함을 감추려고 내 행동과 말 하나하나를 스스로 감시하
던 나는 어느 순간부터 나를 잊어버리고 소속감과 연대 의식
마저 느끼며 그 자질구레한 일상의 번잡에 몰두했습니다. 마
치 이것이 인생이다, 라는 잊어버렸던 믿음을 되찾기라도 한
듯 취하여 떠드는 나를 처가 식구들이 흐뭇한 눈길로 바라보
았습니다.

다음 날 늦게 일어나 보니 방에는 나 혼자 누워 있었습니다.
아내와 함께 잔 것인지, 취한 뒤부터 내가 얼마나 훌륭한 기
러기인지 고마워해야 한다는 말을 자꾸만 해댄 동서를 비롯한
남자들과 함께 잔 것인지 알 수가 없었습니다.

아내와 아들애와 나는 오후에 기차를 탔으며, 저녁에는 본
가의 부모님과 형님 가족들을 만났습니다. 그리고 밥을 먹고
술을 마시면서 새롭게 구성된 멤버끼리의 연대를 위한 또 한
번의 떠들썩한 잔치를 벌였습니다.
아내의 용기를 칭찬하고, 그보다 더 강조하여 그런 아내를

수용한 나의 관대함을 칭찬하면서, 수직으로 파고 들어가기보
다는 한없이 옆으로 퍼지기만 하는 말들의 무대에서, 아내와
나의 역할은 적절히 미소로 화답하면서 정교하게 계산된 침묵
을 연기하는 것이었습니다.

다음 날 아내가 어머니, 형수님 등과 함께 음식을 만드는 동
안, 나는 아들애와 함께 어린 시절의 흔적이 간신히 남아 있는
고향 도시의 변두리를 돌아다녔으며, 또 하루를 보낸 뒤에 아
내와 아들애는 처가로 가고 나는 오피스텔로 돌아왔습니다.
　본가에서는 한 방에서 잤지만, 아내는 아들애를 장벽처럼
우리 사이에 눕혀 놓았습니다.

11

이튿날 오전, 나는 아내의 전화를 받고 리지를 처음 만났던 곳이자, 아내가 뉴욕으로 그림 공부를 하러 가겠다고 얘기했던 바로 그 레스토랑에서 아내를 만났습니다. 아내가 굳이 그곳에서 보자고 한 것은, 아마도 감정이 제멋대로 날뛰는 것을 방지하기 위해서이겠거니 짐작했습니다.

잠을 많이 잤는지 눈두덩이 조금 부은 아내는, 커피가 오자 내 잔에 설탕을 넣고 정성스레 저어서 내밀었습니다. 그러고는 안마당의 바짝 마른 흙바닥을 바라보고 있더니 이윽고 입을 열었습니다.

"그 여자……."

나는 말이 이어지기를 기다리며 자신의 커피 잔으로 시선을
옮긴 아내를 주시했습니다.

"내가 아는 사람이야."

이윽고 아내가 말을 이으며 나를 바라보았습니다.

나는 잠시 어리둥절했습니다.

"놀랐지?"

아내가 차분하게 말했습니다.

눈앞에 어떤 사물이 지나가듯이 실오라기 같은 가느다랗고
낯선 현기증이 머릿속을 아득하게 했습니다.

"J, 난 당신을 알고 있었어요. 레스토랑에서 만나기 전부
터."

아내를 멍하니 보고 있는데, 리지가 내게 했던 말이 메아리
처럼 들려왔습니다.

"내 말 들어?"

아내가 말했습니다.

"듣고 있어."

나는 그렇게 말했지만, 갑자기 밀물처럼 머릿속으로 밀고

들어오는 그날의 영상을 바라보고 있었습니다. 그날 놀란 내가 무슨 소리냐고 물었을 때 리지는 장난꾸러기 같은 표정을 지으며 그녀의 말이 농담이기를 바라는 나에게 이렇게 말했었는데.

"많이 놀라게 될지도 몰라요."

뭔가? 그럼 그녀가 나를 알고 있었다는 말이 우리가 나누었던 공감이나, 우리가 어쩐지 원래 알고 있었던 사람 같다는 일상적인 느낌을 표현한 게 아니었단 말인가?

"뭐야, 그럼 당신이 그 여자를……."
내가 말을 맺지 못하고 있자 아내가 눈길을 피하며 단호하게 고개를 저었습니다.
"아니야, 말도 안 되는 상상 하지 마."
아내가 말했습니다.

문득, 많이 놀랄지도 모른다는 리지의 말을 들으며 도망치듯 창밖으로 눈길을 돌렸을 때, 바람에 날려가듯이 창문을 가로지르며 아래쪽 보이지 않는 곳에서 나타나 역시 보이지 않는 위쪽으로 사라져 버렸던 작은 새가 생각났습니다.

나는 현실감을 가지려고 레스토랑을 둘러보고 창밖의 겨울 마당을 보고 담배를 꺼내 물었습니다.

"도대체 무슨 소리를 하는 거야?"

내가 묻자 아내가 조용히 말했습니다.

"뉴욕에서 그림 공부하면서 알게 됐어. 저렴한 비용에 여러 사람이 쓰는 화실을 함께 썼거든. 나를 잘 따랐어. 그 여자가 한국 출신 노르웨이 입양아라는 걸 알고 안쓰러운 마음에 잘 대해 주기도 했어."

뒤늦게 가슴이 두근두근 뛰기 시작했습니다. 누군가가 파놓은 함정에 내가 걸려든 게 아닌가 하는 범죄 소설 같은 의혹이 다시 고개를 들었습니다.

"우린 서로 잘 지냈어."

아내가 말을 이었습니다.

"그 여자는 유복한 집안에 입양되어 성공적으로 성장한 케이스야. 그런데 언제나 표정에서 빈 곳이 느껴졌어. 그 여자도 그렇게 말했어. 사람이란 게 항상 빈 곳을 느끼며 살게 마련이지만, 자신은 뿌리의 부재에서 오는 진공을 하나 더 가지고 있다고. 나를 만나 함께 지내면서 더 심해졌다고도 했어. 그건 내가 뿌리가 같은 사람이어서 그랬던 걸 거야.”

아내는 잠시 숨을 고르더니 말을 이었습니다.
“그런데 작년 여름이 끝나갈 무렵 가을이 무르익으면 한국
으로 여행을 떠날 거라고 했어. 한국으로 가서 무엇이 느껴지
는지 알고 싶다고. 부모를 찾은 적이 있는데 불가능하다는 걸
알고 그쪽은 포기했다고 했어. 그러면서 사람들이 정말 잘 모
르는 좋은 곳, 그러니까 혼자만의 기억으로 간직할 만한 그런
곳을 알려 달라고 해서, 생각 끝에 이 레스토랑을 가르쳐 줬
어. 당신이 애용하는 곳이라는 것도. 그러자 그 여자가 웃으면
서 이러는 거야.”

아내는 다시 말을 멈추고 내 눈을 똑바로 바라보더니 창밖
으로 눈길을 돌리며 말했습니다.
“그렇다면 거기서 그 사람을 한번 유혹해 볼까?”
나는 아내가 한 말이 무슨 뜻인지 알아듣지 못하고 바보처
럼 물었습니다.
“그 사람이라니?”
“당신 말이야, 당신.”
아내가 말했습니다.

머릿속이 복잡해졌습니다. 그렇다면 리지가 우연히 나를 만나서 그 자신도 놀랐을 돌풍에 휘말린 것이라기보다는 처음부터 작정하고 나를 유혹했단 말인가? 나를 통해서 마음의 빈 곳을 채워 보려고?

사실이 그렇다면, 비록 나는 그녀가 적극적으로 나를 유혹했다고 생각하지 않았지만, 리지가 명백한 의도를 가지고 나를 유혹한 것이라면, 이것으로 내 외도의 책임은 얼마간 감해질 수 있는 것일까?

나는 뜻밖의 희망을 발견한 사람처럼 재빨리 그렇게 생각하다가 나의 야비함을 깨닫고는 얼굴을 붉혔습니다.

리지와 함께 골목길을 빠져나왔을 때, 호텔 앞에서, 그리고 심지어 그녀가 묵은 호텔 방에 들어섰을 때조차 나는 충분히 자유로웠습니다. 그녀는 결코 요염한 창녀처럼 나를 유혹하지 않았으며, 일단 그 문을 들어선 이후에는 우리의 격정에 있어서 내가 더했으면 더했지 결코 덜하지 않았습니다.

입을 다물고 내 얼굴을 바라보고 있던 아내가 다시 차분하게 말을 이어 갔습니다.

"같은 화실을 사용하면서 알게 된 뒤 집으로 초청했는데, 그때 벽에 걸어 놓은 당신 사진을 봤어. 유심히 바라보는 눈빛이 예사롭지 않아서 마음에 드느냐고 물어봤지. 그랬더니 매력적이라고 했어. 서양 남자들한테서는 느낄 수 없는 뭔가가 있다고. 그때는 그저 무심코 넘겼어. 농담을 하면서 나눈 말이었으니까. 게다가 그 사람들이 잘하는 칭찬이라고 생각했거든. 미국에도 동양 남자들은 수두룩하니까. 그런데 막상 한국으로 여행을 떠난다면서 당신을 유혹해 볼까 했을 땐 농담으로 들리지가 않았어. 그때도 서로 웃으면서 말을 주고받았는데."

아내는 나를 똑바로 쳐다보았습니다.
"난 그 여자한테 어디 한번 유혹해 보라고 했어. 그런데 정말 그랬어."
"그렇다면 당신도 내 외도에 일조를 했군."
내가 말하자 아내는 울컥 화를 내려 하더니 눈을 내리깔며 심호흡을 했습니다. 그러고는 조용히 부드럽게 말했습니다.
"그건 순전히 농담으로 그랬던 거야, 서로 웃으면서."

"그런데?"
내가 물었습니다.
"그런데 막상 그 여자가 눈앞에 보이지 않자 불안에 빠졌어.

걷잡을 수 없이. 나도 내 마음이 그렇게 될 줄은 꿈에도 몰랐
어.”

　아내는 갑자기 짜증스럽다는 듯 얼굴을 찌푸리더니 머리를
흔들었습니다.
　“어쩌면 결혼 전의 그 일 때문인지도 몰라.”
　아내의 그 말이 송곳처럼 나를 찔렀습니다.
　“솔직히 말해서 리지는 매력적인 여자니까 그 사실이 나를
불안하게 만들었을 수도 있겠지만…… 뭐가 뭔지 모르겠어.
여러 가지가 뒤얽힌 게 분명한데 어디서 어떻게 연결 고리가
만들어졌는지 정리가 되지 않아.”

　“한 가지는 확실하지.”
　내가 말하자 아내가 나를 바라보았습니다.
　“나를 의심하고 개를 붙였다는 것.”
　나를 쳐다보는 아내의 나른한 눈길 속에 희미하지만 경멸
어린 연민이 엿보였습니다.

　“그 이전에 더 확실한 게 있지.”
　아내가 말했습니다.

"뭔데?"

"당신이 나를 배신했다는 거."

"시간적으로 보면 당신의 의심이 먼저야."

나는 눈길을 돌리면서 말했습니다.

"말장난하지 마."

레스토랑에 들어온 이후 처음으로 아내의 언성이 불쑥 튀었습니다.

나는 아내를 바라보았습니다.

"여기서 서로 망신당하고 싶어?"

아내는 목소리를 낮춰 경고하듯 말하고는 억눌린 숨을 토해낸 다음 말을 이었습니다.

"난 당신과 더 이상 감정싸움 하고 싶지 않아. 그런 거라면 이미 했잖아? 나는 그걸로 족해. 난 당신한테 내가 해줄 수 있는 말을 솔직하게 다 하려는 거니까 마음에 들든 안 들든 일단 들어 줘."

그제야 나는 아내가 조만간 출국하려 한다는 것을 알아차렸습니다.

아내는 마치 탐정이 의뢰인에게 보고라도 하듯이 리지에

대한 얘기를 이어 갔습니다.

"그 여자한테는 만성적인 치통이 있어. 잇몸 깊숙이 박힌 사랑니에. 늘 아픈 건 아니어서 그냥 두고 있는데, 사실은 치통이 찾아오면 기분이 좋아진대. 무시할 수준은 아니고, 그렇다고 비명을 지르거나 짜증을 낼 정도도 아니고, 자신이 힘든 삶의 조건과 대결하고 있다는 엄숙한 느낌을 준대. 무슨 말인지 이해하겠어?"

내가 준비된 것도 없이 말을 하려고 하자 아내가 손바닥을 살짝 들어 제지했습니다.

"나도 그 여자가 치통을 앓을 때가 언제인지 알게 됐어. 치통이 찾아오면 골똘히 생각에 잠긴 신비롭고 매력적인 표정이 나오거든."

아내가 내 얼굴을 살피며 말을 이었습니다.

"그 여자가 원래 그런 캐릭터이기는 해. 하지만 치통이 찾아오면 더더욱 그렇게 보였어. 본인이 자신의 치통에다가 절박한 의미까지 부여하고 있었으니까."

나는 아지랑이처럼 가물거리는 상념을 정리하기 위해 멍하니 눈의 초점을 풀고 생각에 몰두했습니다.

그럼 처음부터 끝까지 나를 사로잡았던 그 신비로운 매력이 그녀의 치통 때문이었단 말인가? 어쩌면 그럴 수도 있겠지. 하지만 사람이 사람에게 느낄 수 있는 설명할 수 없는 매력이란 다 그런 게 아닐까?

나는 위대한 화가 몇 사람의 그림과 삶을 자세히 분석하여 그가 앓았던 질병을 찾아내 놓은 어떤 책을 떠올렸습니다. 그 책의 잘난 저자는 어떤 화가가 광적으로 좋아한 색깔이나, 사람들로 하여금 눈을 떼지 못하게 하는 고유한 스타일이 그 화가가 색약에다가 정신분열증이었음을 보여 준다고 주장했습니다.

나는 그런 분석이야말로 비료로 꽃의 아름다움을 설명하려는 바보짓이라고 생각하며 그 책을 내던져 버린 적이 있었습니다.

그런데 아내가 치통 얘기를 한 이유는 뭘까? 내가 리지의 실존과 치통이 빚어낸 그 기묘한 조화에 헛되이 마음을 빼앗겼다고 말하고 싶은 것일까?

리지에 대한 나의 열정이 터무니없는 환상이었음을 은근히 강조하기 위해서, 어쩌면 내가 자신의 견해를 받아들여 그렇게 인정해 주기를 바라는 마음에서, 내가 의미를 부여한 리지의 신비로운 표정을 치통과 연결하여 강조한 것일까?

아내가 어떤 결정을 내리건, 아내는 자기가 아닌 다른 여자에게, 그것도 자기가 가까이 지내고 있던 여자에게 빠져서 영혼이 뒤죽박죽되어 버렸다는 것을 받아들이고 싶지 않았을 테니까.

그런 것인가?

나의 추정이 옳건 그르건, 아내가 그런 마음이었다면 나는 그 마음을 인정할 수밖에 없을 것 같았습니다. 왜냐하면 그런 독점적인 욕구란 인간 누구에게나 있는 것이니까요.

나는 아내와 내가 어려운 대목에 다다랐음을 알아차렸습니다. 늘 텅 비어 있다고 느꼈던 몸과 영혼의 밑바닥이, 나와의 시간을 통해서 채워진 것 같다고 한 리지의 말을, 내가 자신의 연인이자 아버지 같은 고마운 선물이라고 한 리지의 말을, 아내가 이해할 수 있을까? 아니 이해한다고 해도 과연 받아들일 수 있을까, 하는 질문이 눈앞에 떠올랐습니다.

나는 아내에게 물었습니다.

“그 여자를 다시 만났어?”

아내가 말했습니다.

“겨울이 되어서야 화실에 나타났어.”

“무슨 말을 했지?”

아내는 잠시 말이 없다가 입을 열었습니다.

“아무 말도 하지 않았어. 그 여자는 시골에서 작업하기로 했다면서 물건들을 옮겼어. 나와 얼굴을 맞대고 있는 게 불편했겠지. 죄책감도 생겼을 테고.”

문득 의문이 생겼습니다.

“왜 그 여자한테 말하지 않았어?”

아내가 무슨 뜻이냐는 물음이 담긴 눈으로 나를 쳐다보았습니다.

“사진을 보여 줄 수도 있었을 텐데, 화를 내면서. 왜 내 남편을 건드렸냐고.”

아내의 눈길이 이리저리 흩어지면서 심하게 동요하는 듯하더니 부르르 떨었습니다. 그러고는 큰 소리가 나게 심호흡을 하고는 나를 똑바로 노려보았습니다.

“차라리 왜 머리끄덩이를 잡고 싸우지 않았느냐고 하지 그래? 내가 화내지 않고 있다고 오해하지 마. 지난 몇 개월이 10년은 되는 것 같아."

나는 아무 말도 할 수 없었습니다. 아내는 집게손가락으로 커피 잔의 모서리를 자꾸만 문질렀습니다.

"그래, 이제 어떻게 할 거야?"

내가 묻자 아내가 바로 대답했습니다.

"어떻게 할지는 내 문제야. 아니야? 당신은 분명 그렇게 약속했어. 그렇지?"

나는 고개를 끄덕여 주었습니다. 그러고는 말해 보았습니다.

"점심 먹겠어?"

아내는 무슨 소린지 못 알아들은 사람처럼 잠시 나를 쳐다보았습니다. 그러고는 갈등이 되는 듯 잠시 머뭇대더니 벗어놓은 외투를 집으며 말했습니다.

"먹고 싶지 않아."

나는 뉴욕으로 떠난 아내가 보낸 편지에 그 레스토랑이 자주 언급되어 있었다는 것을 새삼 상기하면서, 천천히 외투를 걸치는 아내를 지켜보았습니다.

아내는 편지에서 내가 보고 싶을 때마다 뉴욕으로 공부를 하러 떠나겠다고 선언했던 그날, 연극을 보고 레스토랑에서 저녁을 먹었던 그 극적인 시간을 생각한다고 했었습니다. 마치 여러 장으로 나뉜 연극을 감상하듯이, 우리 두 사람이 주고받은 대화를 떠올리며 시시각각으로 변했던 나의 표정을 그려 본다고 했었습니다.

"난 조금 더 있다가 갈게."

나는 옷을 다 입고 나를 쳐다보는 아내에게 말했습니다. 전혀 내 진심이 아니었지만, 나는 그렇게 말하고 말았습니다.

아내는 다음 날 일찍 아이를 데리고 한국을 떠났습니다. 아들애만이 공항이라면서 전화로 작별 인사를 했습니다.

그리고 며칠 뒤 나는 인천공항 소인이 찍힌 아내의 편지 한 통을 받았습니다. 아내는 나를 의심하고 내 뒤에 감시견을 붙였던 것을 사과했습니다. 그러고는 여러 가지가 뒤엉켜 있으니 어떻게 풀어 가야 할지 시간을 가지겠다고 했습니다.

아내는 자신을 이해하고 싶다고 했습니다. 그래서 시간이 필요하다고 했습니다. 자신이 불행해지지 않는 방향으로 이해하려고 애쓸 것이라고 했습니다. 비슷한 어법으로 아내는 내가 불행해지지 않도록 나와 자신을 이해하게 되기를 바란다고 했습니다.

그런 다음 결론을 내렸습니다.

아내는 내가 말했던 것, 즉 외도를 인정하고 차후 아내가 원하는 바를 수용하겠다는 합의서를 요구했습니다. 아내는 K 변호사의 도움을 받아 서류를 작성해 두었으니 그를 찾아가서 의문이 있으면 도움을 받으라고 친절한 설명도 곁들였습니다.

언젠가 우리 두 사람이 정반대의 자기 이해에 다다라 있다면, 그녀의 결정이 나에게는 잔혹한 것이 되리라고 아내는 말했습니다.

'하지만 결정권을 나에게 넘긴 이상 그건 당신이 감수해야 해.'

그게 바로 나의 외도에 대한 아내의 방식이었습니다.

12

한파가 물러가고 기온이 오르면서 비가 내렸습니다. 겨울이 끝나려면 한참 더 있어야 하지만 며칠간 이어진 소박한 비 때문에 어쩐지 벌써 봄이 온 듯했습니다.

아내가 나에게 안기고 간 시간이 너무 크게 느껴졌습니다. 마치 장식이라고는 없는 거대한 방에 홀로 남겨진 듯한 기분이었습니다. 현실 세계를 느끼고 있는 나의 감각이 모두 환상일 것만 같았으며, 먼 꿈처럼 아득히 멀어져 버린 리지만큼이나 아내의 실체도 믿을 수 없었습니다.

아내는 내가 알고 있는 것 이상으로 강인하고 냉정한 의지를 가진 사람이었습니다. 호텔 객실에서 주고받았던 정제되지 못한 거친 언어가 그리울 정도였습니다.

나는 시간을 느끼기 위해 집을 나섰습니다. 지난 가을, 레스토랑에서 리지를 만난 바로 그날, 그녀를 만나기 전에 오랜 시간 함께했던 그 친구를 만났습니다.

그때처럼 그 친구는 여전히 딸아이 교육 문제로 아내와 싸우고 있었습니다. 그는 가치관이 극과 극인데도 한 집에서 계속 살 수 있다는 건 기적이자 모욕이라고 신랄하게 말했습니다. 친구는 아내와 모처럼 사랑을 나누고 있을 때 그런 생각이 들었다고 했습니다.

"삽입을 한 채 상체를 일으켰을 때, 나의 성기와 그 사람의 성기가 만나고 있는 게 눈에 들어왔어. 아무 생각 없이 그렇게 열을 내며 화합하고 있는 두 놈이 기이하기만 하더군. 그러자 순식간에 발기가 죽었어."

그는 이렇게 말하고는 큰 소리로 웃었습니다.

껄껄 웃는 그를 보니 아내와의 불화가 원시적 전투 단계를 지나서 일종의 방어 기술이라고 해야 할 문화적 변주를 만들어 내기 시작했음을 알 수 있었습니다. 마음의 고통을 완화할 수 있겠다는 생각에 다행이라고 여겨지면서도, 그렇게 되면 생각 없는 두 성기가 만나는 시간 외에는 기차 레일처럼 끝내 만나지 못하는 게 아닐까 하는 우려에 쓸쓸해졌습니다.

　그는 대한민국에서 중년을 탈 없이 살려면, 자식 교육이라는 이름의 악질 세금을 기쁜 마음으로 갈취당해야 한다며 씁쓸해했습니다.

　그와 헤어진 뒤 나는 레스토랑을 찾았습니다. 리지를 만났던 꼭 그 시간이었습니다. 계절은 다르지만, 비슷하게 조금씩 비도 내렸습니다. 교외선 철로가 싸고도는 주택가의 가장 바깥 골목에 박혀 있어서 사람들이 잘 모르는 작고 아늑한 그 공간으로 나는 발을 들여놓았습니다.

　시간이 늦은 탓인지 비 때문인지 그날 밤에도 레스토랑은 텅 비어 있었습니다. 리지가 정물처럼 앉아 있었던 가정집 안마당이 보이는 창가 자리도 비어 있었습니다.
　마른 수건으로 유리잔을 닦고 있던 바텐더가 반갑게 맞이했습니다. 그는 계속 자기 일을 하면서 요즘은 겨울이 이상하다는 얘기를 두런두런 늘어놓았습니다. 나는 여름도 그렇고, 인간의 마음도 그렇다고 대꾸하며 그의 얘기를 받아 주었습니다.

　맥주 두 병을 마시고 일어섰습니다. 꼭 40분이었습니다.

“얼마 전에 함께 오신 분이 부인이시죠?”

바텐더가 물었습니다. 내가 그렇다고 하자 그는 말없이 웃기만 했습니다.

문득 그에게는 무슨 사연이 있을까 궁금했습니다. 무슨 사연이 있어서 독신을 고집하는지, 왜 그의 말대로 대도시의 숨겨진 장소에서 있는 듯 없는 듯 살고 있는지 물어보고 싶었습니다. 내가 한 잔 청하고 깊은 대화를 원하면 그가 응해 줄지도 궁금했습니다.

혹시 사랑했던 여자가 변심하여 다른 남자에게로 가버렸고, 그래서 그 충격으로 괴로워하다가 지금과 같은 마음의 타협책을 만들어 낸 게 아닐까, 아니면 그 반대이거나, 하는 흔한 연애 소설 같은 시나리오가 떠올랐을 때, 언제나 내 발걸음을 가볍게 해주던 바로 그 목소리로 그가 잘 가라고 인사를 했습니다.

나는 바에서 등을 돌리며 일어섰습니다. 그리고 그날 리지가 앉아 있던 빈자리를 바라보았습니다. 시간의 반복성이 흐릿한 나의 현실감을 더 먼 아련한 곳으로 끌고 가는 듯했습니다.

나는 어둠과 정적에 휩싸인 채 나를 맞이할 빈집을 떠올리면서, 내가 돌풍 같은 격정에 휘말려 바람을 피우고, 나를 의

심한 아내에게 발각되어 한 번도 걸어 보지 않은 낯선 여로로
들어선 중년이라는 사실을, 홀로 둥지를 지키는 이상한 기러
기라는 현실을 생각했습니다.

　나는 골목에서 레스토랑 안까지 연결된 좁은 터널을 반대로
걸어 나가 발코니에 멈추어 섰습니다. 그 방향으로 서 있으니
내가 걸어 들어간 비에 젖은 똑같은 골목길과 축대가 더 적막
해 보였습니다.

　뒤에서 인기척이 났습니다. 온몸에 소름이 돋았습니다. 슬
며시 돌아보니 빗자루를 든 바텐더가 안녕히 가라고 또 인사
를 했습니다.
　일찍 문을 닫으려는 것 같았습니다. 밝고 호의적인 표정으
로 웃으며 말했건만 어쩐지 나를 쫓아내는 것 같았습니다.

　나는 우산을 쓰고, 내 어깨의 옆자리가 비어 있다고 느끼면
서 호텔까지 걸어갔습니다. 그리고 처마 아래에서 우산을 접
어 털고 로비로 들어갔습니다.
　2층으로 올라가는 계단의 연한 청색 카펫이 보이자 가슴이
두근거렸습니다. 프런트의 젊은 여자가 목례를 했습니다. 나를

아는 사람이라고 착각해서 인사를 한 것인지, 호텔에 들어왔으니 다 손님이라는 생각에서 그런 것인지 알 수 없었습니다.

2층 복도는 여전히 절간처럼 조용했습니다. 나는 모든 것을 흡수해 버릴 것 같은 좁은 복도를 걸어 구석방 앞에 섰습니다.

포르노처럼, 나를 낯선 격정의 항해로 이끌었던 그 곡선들이 떠올랐습니다. 고작 네 달여 전의 항해였지만, 그 곡선들은 이미 리지의 것이 아니라 그냥 곡선 그 자체였습니다. 그것은 모든 여자들이 공유하고 있는 아름다운 기하학적 유혹이었습니다.

그렇게 느끼면서 나는, 스르륵 문이 열리면서 실제의 리지보다도 훨씬 더 고독하고 매력적이어서 단 한 순간도 눈을 뗄 수 없게 하는 그런 리지가 걸어 나오는 환상을 잠시 머리에 그려보았습니다.

그리고는 돌아서서 복도를 지나고 계단을 내려와 밖으로 나왔습니다.

며칠 뒤, 나는 아침에 일어나 운동을 하고 샤워를 하고 밥을 먹은 뒤, 실로 오랜만에 양복을 갖춰 입었습니다. 그리고 뜨겁고 눅눅한 감정은 바닥까지 긁어서 창가에 놔두고, 차고 건조한 이성만 가지고 집을 나섰습니다.

비가 그치고 다시 기온이 내려갔습니다. 맑게 씻긴 하늘이 얼어붙은 깨끗한 호수 속 같았습니다.

버스를 내려서, 다닥다닥 붙은 작은 사무실들을 지나 K 변호사 법률사무소 계단을 올라갔습니다. 그가 두 손으로 내 손을 잡고 흔들면서 환한 얼굴로 반겼습니다.

나는 석유난로 앞에 그를 마주보며 앉아 보리차를 마셨습니다. 그리고 뉴스에서 본 몇 가지 기이한 사건을 두고 얘기를 주고받은 다음, 신문을 시작하겠다고 웃으며 말했습니다.

"환영합니다."

K 변호사가 웃으며 말했습니다.

"첫째 질문인데, 영감님이 이렇게 하라고 아내에게 권했습니까?"

내가 웃으며 말하자, 그는 허허 소리까지 내어 내 웃음에 메아리를 보내더니 이렇게 대답했습니다.

"이번 일과 관련해서 부인에게 꼭 집어서 말한 건 아무것도 없습니다. 굳이 방금 하신 질문과 연관 지어 대답하자면, 부인과 주고받은 말 중에 아마도 선생은 부인이 계속 지켜볼 가치가 있는 사람이라는 요지의 말을 했을 겁니다."

나는 하얀 와이셔츠에 넥타이를 매고 양복을 입었으며, 그 위에 검은색 겨울 모직코트를 걸치고 반짝반짝 빛나는 구두를 신은 중년 신사의 풍모에 어울리지 않게 경망스럽기 그지없는 웃음을 터뜨리고 말았습니다.
K 변호사가 미소를 지으며 나를 바라보았습니다. 내가 사레라도 들리면 즉시 물을 내밀 기세였습니다.

웃음이 가라앉자 내가 말했습니다.
"계속 지켜볼 가치가 있는 사람이다, 정말 절묘한 표현이군요. 하지만 이혼을 하고도 계속 지켜볼 수 있지 않나요?"
K 변호사가 주저 없이 즉각 명쾌한 답변을 내놓았습니다.
"그건 담 너머 남의 집 일을 훔쳐보는 거지 지켜보는 게 아니지요."

나는 그의 말을 이해했으며 인정했습니다. 그래도 나는 밑바닥까지 비워 놓고 온 빈 감정을 그림자처럼 흉내 내면서 불만을 터뜨렸습니다.

"하지만 이렇게 되면 저는 뭐지요?"

그가 계속 말해 보라고 손짓을 했습니다.

"이건 마치 언제 목이 날아갈지 모르는 사형수 같은 꼴이지 않나요? 열흘 뒤가 될지, 3년 동안의 뉴욕 생활이 끝나는 날이 될지, 10년 후가 될지, 알 수 없는 판결을 기다리며 하루하루를 보내라는 건데, 이건 형벌입니다."

K 변호사가 고개를 끄덕였습니다.

"맞아요, 형벌일 수 있어요. 하지만 인생이란 것 자체가 최종 심판을 기다리는 벌이라고 할 수 있어요."

내가 즉각 반격했습니다.

"종교적 해석이야 어떻든 하여간 바람을 피웠으니 잔소리 말고 어떤 벌이든 받아라 이거 아닌가요?"

"왜 일방적으로 당하는 거라고 생각합니까?"

"내가 선택할 수 있는 게 없으니까요."

"그럼 선생이 흥분해서 요구한 대로 당장 이혼하는 게 선생의 선택인가요?"

"아내가 원하면 그렇게 하겠다고 했죠."

"그게 진심이었어요?"

내가 잠시 머뭇거리다가 대답하려고 하자 그가 손을 들어 내 말을 막았습니다.

"내 말은 그게 진짜로 순수하게 선생께서 원하는 바였는가 하는 얘기입니다."

이미 기억의 저 변방으로 추방해 버린 수치스러운 생각이 기마병처럼 달려와서 대령했습니다. 아내가 원하면 바로 이혼에 동의하겠다고 했던 게 가짜 마음은 아니었습니다. 내가 잘못했으니 대가를 치르겠다는 것이었습니다.

하지만 그 마음에는 그렇게 나의 마지막 패를 미련 없이 버리는 걸 보여 줌으로써 아내를 압박하려는 계산도 있었을 것입니다. 그런 계산이 설령 무의식의 작당이었다고 하더라도, 이 역시 내가 이성적으로 따져 보았듯이, 아내가 원하면 당장이라도 이혼에 응하겠다는 식의 발언에는 일말의 이기심이 묻어 있었습니다.

방귀 뀐 사람이 성낸다더니, 라고 중얼거린 아내의 말은 정곡을 찌른 것이었습니다. 그것은 이미 내 안에서 결론이 내려진 것이었습니다.

내가 K 변호사를 상대로 신문하겠다는 농담을 하고 던진 몇

개의 질문들은 사실 내 앞에 놓여 있는 시간을 어떻게 해야 할
까 하는 막막함에서 나온 것이었습니다.

내 얘기를 듣고 있던 K 변호사가 말했습니다.
"나한테는 지금도 유행입니다만, 내가 청년이었을 때 실존
철학이 유행했지요. 선생이 젊었을 때도 그랬겠지만, 우리 때
는 굉장했어요. 우리를 둘러싼 사회가 젊음의 생물학적 혼란
과 왕성한 갈증에 딱 어울리는 어둠과 혼란 그 자체였으니까
요. 그런데 그들의 주장에 따르면, 선생의 인생은 철저히 선
생의 것입니다. 선생이 대통령이거나 거지이거나 똑같이 선
생의 인생은 철저히 선생의 것입니다. 우리를 타이트하게 둘
러싸고 있는 복잡한 메커니즘을 생각하면, 인간은 일방적으로
명령을 받고 영향을 받는 노예적인 존재인 것 같지만, 그에게
는 부인할 수 없는 마지막 자유가 있어요. 그걸 소중하게 여
기며 붙잡고 있는 사람은 자신을 알 것이고, 그렇지 않은 사람
은 알지 못할 겁니다. 차이는 그것뿐일지도 모릅니다. 나는 부
인이 선생에게 만들어 놓은 이 상황에 L 선생께서 주체적으로
대응하라고 말하는 겁니다. 왜냐하면 이것은 부인이 아니라
선생의 삶의 조건이니까요. 부인에게 진정으로 벌거벗은 몸을
내놓아야 부인이 진정 자유로운 자기 선택을 할 수 있지 않겠

어요? 그러니까 이제 흥정하려는 생각을 완전히 버리세요."

알 수 없는 것이 시간이고 미래이지만, K 변호사를 알게 된 것이 이후 내 인생을 풍요롭게 해줄 것 같았습니다.

나는 처음부터 그에게 호의를 가졌었습니다. 의심도 하고 무례하게 화를 내기도 했지만, 그는 가난하고 늙었고 현명한 변호사였습니다. 가난하고 늙었다는 것을 굳이 말하는 것은, 가난과 늙음이 그에게 깊이 있는 마음과 흔들리지 않는 평정 을 주는 것처럼 보였기 때문입니다.

내가 그런 변호사를 만난 것은 행운이었습니다. 그 행운은 아내가 선택한 결과였습니다. 아마도 계산 빠른 법률 장사꾼들 을 상대하고 싶지 않아서 자기 친구로부터 들은 적 있는 K 변 호사를 소개받은 것이겠지요.

흥정하려는 생각을 버리라고 말했지만, 나는 결국 묻고 말았 습니다. 그것은 합의서의 법적 효력에 대한 질문이었습니다.

"그때 가서 제가 이혼이든 별거든 거부하면 어떻게 되는 거 죠?"

K 변호사는 입술을 오므려 삐죽 내밀고 잠시 있더니 말했습

니다.

"법정 공방이 벌어지겠지요."

그러면서 K 변호사는 고개를 흔들었습니다.

"나는 그런 일이 없기를 바랍니다. 선생이 이걸 써서 부인께 전하면 진심으로 용서를 구한다는 의사 표시가 되리라 봅니다."

"만약에⋯⋯."

내가 입을 연 순간 K 변호사는 내 말을 잘랐습니다.

"만약에 부인께서 L 선생이 합의한 것을 근거로 이혼을 요구하면 어떻게 하느냐?"

내가 고개를 끄덕이자 그가 말을 이었습니다.

"약속한 대로 응하거나 말했다시피 법정 공방을 벌여야겠지요. 그런데 그게 L 선생이 원하는 건가요?"

나는 고개를 저었습니다. 그리고 서둘러 달라고 요구하여, K 변호사로부터 설명을 들은 다음 서명을 하고 도장을 찍었습니다. 그런 다음 그 문제를 한순간이라도 빨리 마음에서 몰아내고 싶어서 화제를 돌렸습니다.

나는 서류의 발송을 K 변호사에게 부탁한 다음 말했습니다.

"왜 영감님께서는 서른다섯 해나 살고서 이혼했는지 물어봐
도 될까요?"

K 변호사는 입술을 꾹 다문 채 잠자코 있더니 웃으며 말문
을 열었습니다.

"시시콜콜 얘기하려면 한도 끝도 없고…… 내가 나를 속였
다는 게, 아니 쉽게 말해서 사랑하던 여자를 버렸다는 게 핵심
이었어요. 그 죄책감이 나 자신을 증오하게 했고, 그래서 타
인을 사랑할 수 없게 했지요. 아내는 부잣집의 평범한 딸이었
어요. 생김새도 교양도 다 평범했습니다. 깊이 있는 사유는
없었지만 천박하지도 않았어요. 그랬으니 그저 웬만한 집안
의 웬만한 남자를 만났더라면 큰 걱정 없이 아주 행복하게 살
았을 사람입니다."

보리차를 한 모금 마신 뒤 그가 말을 이었습니다.

"하지만 난 아내를 제대로 사랑할 수 없었어요. 식은 밥 같
거나 잘해야 미지근한 국 같은 애정밖에 주지 못했죠. 결국 아
내가 내 속을 간파했습니다. 그리고 나와 일체의 교류를 거
부하기 시작했어요. 보복이었지요. 나는 아내의 보복에 항의
할 권리가 없다고 생각했습니다. 그런데 그게 아내의 복수욕

을 더 키웠고, 급기야 나도 그런 아내를 증오하기 시작했습니다. 아내는 이혼을 원하면 해주겠다는 나를 비웃더군요. 웃긴다는 얘기였겠지요. 그렇게 우리는 얼음처럼 한 세대를 보냈어요. 그러다가 10년 전에야 이혼하자고 하더군요. 그래서 좋다고 했더니 분노로 이글이글 타오르는 눈으로 나를 뚫어져라 바라보면서 말했어요. 불쌍한 놈이라고. 그 말을 들은 순간 내 메마른 눈에서 뜨거운 물이 온천수처럼 분출하려고 해 나는 황급히 돌아서서 화장실로 달아났습니다.”

시선을 바닥에 두고 무심한 얼굴로 잠자코 있던 그가 다시 말했습니다.

“그 여자에게 내 속에서 터져 나오는 눈물을 보여 주지 못한 게 후회됩니다. 그걸 봤더라면 그 여자의 마음에 빙하처럼 쌓여 있던 증오가 조금은 녹지 않았을까 싶은 거지요. L 선생, 사랑이 없으면 의심과 증오가 그 자리를 차지하게 됩니다. 인간의 마음은 강렬한 확신을 원하는 나약한 욕심꾸러기거든요.”

그것이 K 변호사 자신의 불행했던 인생을 얘기하면서 나에게 전해 주고 싶어 한 테마라고 생각되었습니다. 나는 그의 말을 소중하게 받아들였습니다. 그는 아마 아내에게도 표현은

달리했을지 모르지만 같은 메시지를 주었을 거라고 생각되었
습니다.

하지만 사랑은 내가 자유롭게 선택하거나 버릴 수 있는 게
아니며, 내가 원하는 만큼 키우거나 죽일 수 있는 것도 아니기
때문에, 끝없이 이어지는 드라마의 온갖 배역만이 내가 책임
질 수 있는 유일한 몫일지도 모른다는 생각을 버릴 수는 없었
습니다.

리지와 아내와 나는 각자 어떤 배역을 맡고 있는지 몰랐습니
다. 우리는 오직 자신의 인생 대본만을 생각하고 있었습니다.
그 눈먼 길을 걷다가 우리는 기묘하게도 한 무대에 섰습니다.
그 후에는 나와 아내의 인생에서 얼굴조차 본 적이 없었던
K 변호사가 등장했습니다. 만약 아내와 나와 리지가 K 변호
사가 중재하는 대화의 자리를 가진다면 우리는 속 시원한 이
해에 도달할 수 있을까요?

어쩌면 그럴지도 모르겠습니다. 웬만한 의혹은 다 해결될지
도 모르겠습니다. 하지만 그렇게 이해하고 나서 우리에게 어
떤 의미 있는 감정이 남게 될까요? 무미건조한 언어로 가득

채워진 보고서 같은 것만이 산더미처럼 쌓이지 않을까요?

봄이 되면서 나는 일상의 질서를 회복했습니다. 나는 잡념을 없애기 위하여 옛 친구가 책임자로 있는 물류 창고에서 매일 오전 네 시간씩 육체노동을 했습니다. 그리고 매일 오후에는 독서를 하며 나의 내면을 들여다보았습니다.

나는 극히 단조로운 형식으로 내 몸과 영혼의 시간과 공간을 관리했습니다. 그렇게 여름과 가을이 지나가면서 일련의 격정적인 여로가 내 속에 만들어 놓은 어지러운 풍경들이 보이기 시작했으며, 그것의 뿌리까지 이해할 수 있었다고 할 수는 없지만, 리지와의 시간으로부터 시작되어 아내와 주고받은 말들과 그때의 내 혼란스러운 감정들을 명료하게 볼 수 있었습니다.

겨울이 되면서 나는 창고 일을 접고 이 고백의 글을 쓰기 시작했습니다. 처음부터 그렇게 작정한 것은 아니지만 아마도 모순으로 가득 차 있을 이 서툰 글을 혹시 아내에게 보낼지도 모르겠습니다.
아내가 이 글을 읽게 될 경우 나는 아내가 나를 조금은 더 이해하게 되리라고 보지만, 그 이해가 나에 대한 관용과 사랑을 키우는 쪽으로 작용할지 그 반대가 될지는 모르겠습니다.

육체에 대한 감각은 맹목적인 소유욕에 뿌리를 두고 있으므로, 내가 리지의 몸을 타고 격정의 바다를 내달렸던 그 미친 항해의 기록에 대해서, 아내가 관용과 사랑을 키우기는커녕 인내할 수 없는 혐오와 반감을 가지게 될지도 모르지요.

슬프게도, 진실이 사랑을 보장해 주는 것은 아닙니다.

그러니 이 글을 아내가 절대로 보지 못하게 감춰 둘지도 모르겠습니다.

그러나 나는 내 눈이 볼 수 있고, 내 몸이 느낄 수 있고, 내 머리가 사유할 수 있는 것에 대해서 정직했습니다. 내가 볼 수 없고, 느끼지 못하고, 비겁하여 나도 모르게 외면했거나 무지하여 인식하지 못한 것에 대해서는, 무능과 운명이라는 말밖에 쓸 단어가 없습니다.

무능이라는 말이 반감을 불러일으키지는 않겠지만, 운명이라는 말은 그럴 가능성이 농후해 보입니다. 하지만 생각해 보면 아내와 나와 리지가 제각각 걸어온 여로가, 긴 세월과 공간을 뛰어넘어 절묘한 드라마를 만들며 하나의 무대에서 뒤얽힌 그 흐름에 대해서, 운명이라는 말을 쓰는 것이 나의 나태한 회피는 아닐 것입니다.

5월 하순입니다.

이제 봄도 거의 끝나가고 있습니다. 아니 이미 성질 급한 여름의 열기들이 우리 머리 위에 다가와 있습니다. 아침저녁 응달의 바람은 아직 선선하지만, 한낮의 햇살은 뜨겁습니다.

나는 조금씩 나의 일을 준비하고 있습니다. 다시 한 번 '행복한 인생'을 요리하는 데 도움이 될 인류학 책들을 내보려고 합니다. 어느 여름날이나 가을날, 예고 없이 뉴욕으로 가서 아내와 아들애를 만나 볼 생각입니다만…… 아, 그것은 정말 모르겠군요.

세상에는 인간의 수만큼 많은 터널이 존재하는 것 같습니다. 우리는 모두 자연에 의해 던져져, 자연이라는 같은 목적지로 돌아가는 존재들이지만, 모두가 자기만의 터널을 지나가고 있다는 점에서, 모두가 홀로인 기러기들입니다. 그런 우리가 과연 얼마나 타인의 터널에 대한 이해를 가질 수 있을까요?

리지라는 이름의 그 여인이 나의 이 고백을 본다면 얼마나 공감하게 될까요? 만약 그 여인이 나와의 만남에 대해서 고백하게 된다면 그것은 또 사뭇 다른 이야기가 될 테지요. 나의 아내를 통해서 이 모든 사연에 대해 듣게 된다면 그것 또한 꽤 다른 이야기가 될 것입니다.

우리는 단지 한 명의 여행자이며, 아내는 아내의 방식으로, 나는 나의 방식으로 최선을 다하여 자신의 길에 충실할 뿐입니다. 리지도, K 변호사도 그럴 것입니다. 궁극적으로는 그것뿐인지도 모르겠습니다.

그리고 비가 내리는 어느 겨울밤 혹은 봄날 밤 또다시 우리는, 우리가 단 한 번도 상상해 보지 못한 어떤 고독을 품은 미지의 존재와 나란히 붙어 서서 걷고 있는 자신을 발견하고는 깜짝 놀랄 테지요.

마치 바로 내 눈앞의 빈 허공에다 느닷없이 하얀 비둘기가 존재하게 하는, 환상이라고 생각하면서도 도저히 빨려 들지 않을 수 없는 매혹적인 마술을 보는 것처럼……

그 기러기의 경우

초판 1쇄 인쇄일 • 2013년 11월 20일
초판 1쇄 발행일 • 2013년 11월 25일
지은이 • 이상운
펴낸이 • 임성규
펴낸곳 • 문이당

등록 • 1988. 11. 5. 제 1-832호
주소 • 서울시 성북구 동소문동 4가 83 청구빌딩 3층
전화 • 928-8741~3(영) 927-4990~2(편)
팩스 • 925-5406
ⓒ 이상운, 2013

전자우편 munidang88@naver.com

ISBN 978-89-7456-475-9 03810